Le Diable

Tolstoï

I.

Eugène Irténieff pouvait espérer une carrière brillante. Il avait tout pour cela : son éducation avait été très soignée, il avait terminé brillamment ses études à la faculté de droit de Saint-Pétersbourg, et par son père, mort récemment, il avait des relations dans la plus haute société, si bien qu'il était entré au ministère sous les auspices du ministre lui-même. Il avait aussi de la fortune, une grande fortune, mais compromise. Le père avait vécu à l'étranger et à Pétersbourg, et servait à chacun de ses fils, à Eugène et à l'aîné André, officier dans les chevaliers-gardes, une pension annuelle de 6, 000 roubles, et lui-même, avec sa femme, dépensait énormément. L'été, il venait passer deux mois à la campagne, mais ne s'occupait point de l'exploitation, s'en remettant à son gérant repu, qui lui aussi ne s'en occupait guère, mais en qui il avait pleine confiance.

À la mort de leur père, quand les frères commencèrent la liquidation de l'héritage, on s'aperçut qu'il y avait tant de dettes que l'avocat leur conseilla même de garder seulement la propriété de leur grand'mère, estimée cent mille roubles, et de renoncer à la succession. Mais un voisin de campagne, également propriétaire, qui était en relations d'affaires avec le vieil Irténieff, c'est-à-dire qui détenait un billet à ordre de lui, et qui était venu pour cela à Saint-Pétersbourg, leur fit entendre qu'en dépit des dettes on pouvait s'en tirer et refaire encore une grande fortune. Il fallait pour cela seulement vendre le bois, quelques morceaux de terres incultes et garder le principal, une vraie mine d'or, le domaine de Sémionovskoié avec ses 4,000 déciatines de terre, une raffinerie et 200 déciatines de merveilleuses prairies. Mais, pour réussir, il fallait s'adonner tout entier à cette tâche, s'installer à la campagne et gérer avec intelligence et économie.

Eugène se rendit au printemps dans la propriété (le père était mort pendant le carême), et, après une inspection minutieuse, il résolut de donner sa démission et de s'installer avec sa mère à la campagne pour faire valoir lui-même la propriété principale. Avec son frère, qui n'était pas précisément un ami pour lui, il s'arrangea de la façon suivante : il s'engagea à lui payer annuellement 4,000 roubles ou de lui donner 80,000 roubles une fois pour toutes, moyennant quoi le frère renonçait à sa part d'héritage.

Ainsi fut fait. Dès qu'il fut installé avec sa mère dans la grande maison, il se mit avec ardeur, en même temps qu'avec prudence, à faire valoir son domaine. On pense ordinairement que les vieillards sont les conservateurs les plus endurcis et que les jeunes gens sont novateurs. Ce n'est pas tout à fait juste. Les conservateurs sont habituellement des jeunes gens, des jeunes gens qui désirent vivre mais qui ne pensent pas et n'ont pas le temps de penser à la manière dont il faut vivre, et qui, à cause de cela, prennent comme modèle la vie telle qu'elle est.

Ce fut le cas pour Eugène. Maintenant qu'il vivait à la campagne, son rêve, son idéal, était de rétablir non le mode de vie du temps de son père (son père était un mauvais maître) mais celui du temps de son grand-père ; et dans la maison, dans le jardin, dans tout le domaine, bien entendu avec quelques modifications imposées par le temps, il tâchait de ressusciter l'esprit général d'alors, pour voir régner autour de lui le contentement de tous, l'ordre et le bien-être. Il y avait beaucoup à faire. Il fallait satisfaire les exigences des créanciers et de la banque, et pour cela vendre des terres, ajourner les échéances. Il fallait en outre se procurer de l'argent pour mener l'exploitation, tantôt en affermant la terre, tantôt en faisant valoir, avec ses propres domestiques, l'immense domaine de Sémionovskoié, avec ses 400 déciatines de terres labourées et sa raffinerie. Il fallait faire en sorte que le parc et la maison n'eussent pas l'air d'être à l'abandon et en ruines. La tâche était énorme, mais Eugène était plein de forces physiques et morales. Il avait vingt-six ans, était de taille moyenne, de robuste corpulence, les muscles développés par la gymnastique, sanguin ; il avait les joues colorées, les dents et les lèvres brillantes, les cheveux pas très épais mais fins et bouclés. Son seul défaut physique était sa myopie, qu'il avait développée lui-même grâce au lorgnon, dont maintenant il ne pouvait plus se passer et qui avait creusé une marque profonde de chaque côté de son nez. Voilà pour le physique. Moralement, il était tel que plus on le connaissait, plus on l'aimait. Sa mère l'avait toujours préféré, et, depuis la mort de son mari, non seulement elle avait reporté sur lui toute sa tendresse mais concentrait en lui toute sa vie. Et ce n'était pas sa mère seule qui l'aimait ainsi. Ses camarades du lycée, de l'université, eux aussi, non seulement l'aimaient particulièrement mais l'estimaient. Sur tous les étrangers il produisait toujours la même impression. On ne pouvait mettre en doute sa parole ; on ne pouvait le supposer capable de duplicité, de mensonge, avec un visage aussi ouvert, aussi honnête, et des yeux pareils.

En général, toute sa personne le servait beaucoup pour ses affaires ; les créanciers avaient confiance en lui et lui accordaient ce qu'ils eussent refusé à tout autre ; un employé, un staroste, un paysan, capable de quelque vilenie, de quelque filouterie envers un autre, oubliait de le tromper, tellement était agréable l'impression d'être en relations avec un homme aussi bon, et surtout aussi franc.

Eugène arrangea tant bien que mal, à la ville, la levée des hypothèques sur ses terres incultes, et les vendit à un marchand ; puis, au même marchand, il emprunta de l'argent pour le renouvellement du cheptel, c'est-à-dire des chevaux, des bœufs, des charrettes, et, principalement, pour commencer la construction nécessaire d'un hameau. Ses affaires commençaient à s'arranger ; on amenait le bois, les charpentiers étaient déjà à l'ouvrage, on rentrait quatre-vingts charretées de fumier, mais cependant tout encore ne tenait que par un fil.

II

Au milieu de tous ces soucis, il advint à Eugène un événement qui, bien que peu important, le fit cependant beaucoup souffrir. Il avait vécu toute sa jeunesse comme vivent tous les jeunes gens bien portants, célibataires, c'est-à-dire qu'il avait eu des liaisons avec des femmes de toutes sortes. Il n'était point un débauché, mais, comme lui-même le disait, il n'était pas non plus un moine. Il avouait qu'il s'était amusé autant que cela était nécessaire pour sa santé physique et sa liberté d'esprit.

Il avait commencé à seize ans, et jusqu'à présent, tout s'était bien passé, c'est-à-dire qu'il ne s'était point adonné à la débauche, n'avait pas eu d'emballements et n'avait jamais été malade. À Saint-Pétersbourg, il avait eu d'abord une couturière ; celle-ci étant tombée malade il s'arrangea autrement, et sous ce rapport tout fut si bien organisé que sa vie n'en ressentit jamais aucun trouble.

Mais à la campagne, après deux mois de séjour, il ne savait absolument pas comment se pourvoir. La continence involontaire commençait à l'énerver. Est-ce qu'il lui faudrait pour cela aller en ville ? Et où ? Comment ? Cela troublait Eugène Ivanovitch et, puisqu'il était convaincu que cela lui était nécessaire, il en sentait en effet le besoin, en était préoccupé, et, malgré lui, accompagnait des yeux chaque jeune femme.

Il trouvait mal de se lier chez lui, à la campagne, avec une femme ou une jeune fille. Il savait, par les récits, que son père et son grand-père, sous ce rapport, se distinguaient tout à fait des propriétaires de leur époque et qu'ils n'avaient jamais eu aucune intrigue, à la maison, avec leurs serves. Il résolut d'agir de même. Mais, par la suite, se sentant de plus en plus inquiet, puis se représentant avec horreur tout ce qui pourrait lui arriver, et, enfin, se disant que maintenant il n'y a plus de serves, il décida qu'on pouvait se procurer une femme ici comme ailleurs, seulement de façon à ce que personne n'en sache rien, et non pour la débauche mais seulement pour la santé, comme il se disait. Cela résolu, il se sentit encore plus inquiet, et quand il causait avec le staroste, ou avec les paysans, avec les charpentiers, malgré lui, il amenait la conversation sur les femmes, et, si elle prenait, il la prolongeait complaisamment. Quant aux femmes, il les regardait de plus en plus attentivement.

III.

Mais c'est une chose de prendre une décision et une autre chose de la mettre à exécution. S'adresser personnellement à une femme était impossible, et à laquelle ? Où ? Il fallait agir par quelqu'un ; mais à qui s'adresser ?

Une fois, il lui arriva de rentrer pour boire chez le garde forestier. Le garde était un ancien chasseur de son père. Eugène Irténieff se mit à causer avec lui. Le garde lui raconta de vieilles histoires de noces et de chasses, et Eugène Irténieff songea tout à coup qu'il serait bien d'arranger quelque chose ici, dans cette cabane de garde, au milieu de la forêt. Seulement il ne savait comment le vieux Danilo prendrait la chose. « Il sera peut-être indigné d'une proposition pareille, et j'aurai honte... Mais peut-être consentira-t-il tout simplement. » Ainsi pensa-t-il en écoutant le vieux Danilo. Celui-ci racontait comment une fois il avait amené une femme à Prianitchnikoff. - « On peut se risquer, » pensa Eugène. - « Votre père, qu'il ait le royaume du ciel, ne s'occupait pas de ces bêtises... » - « On ne peut pas, » se dit Eugène. Mais pour tâter le terrain il dit : - « Comment donc t'occupais-tu de si vilaines affaires ? » - « Bah ! Qu'y a-t-il de mal ici ? Elle était contente, et Fédor Zakaritch aussi était très content, et il me donnait un rouble. Comment peut-on faire autrement ? C'est un être vivant, après tout, il boit du vin... » - « Oui, on peut lui parler, » pensa Eugène, et aussitôt il commença : - « Voilà, sais-tu, Danilo, - il se sentait rougir jusqu'aux oreilles, - je suis à bout ! » Danilo sourit. - « Après tout, je ne suis pas un moine, j'ai des habitudes... » Il sentait que ses paroles étaient stupides, mais il était content parce que Danilo approuvait.

- « Quoi, il y a longtemps que vous auriez dû dire cela. C'est faisable, dites seulement laquelle vous voulez. »

- Oh ! ça m'est égal, n'importe laquelle, pourvu qu'elle ne soit pas trop laide et qu'elle soit bien portante.

- Compris, dit Danilo. Oh ! j'ai un magnifique gibier, - Eugène rougit de nouveau, - très jolie, mariée seulement depuis l'automne.

Danilo chuchota quelque chose à Eugène, qui, de honte, fronça les sourcils.

- Non, non, dit-il, ce n'est pas du tout ce qu'il me faut. Je préfère le contraire (de quel contraire pouvait-il s'agir ?). Il me faut tout le contraire ; qu'elle soit seulement bien portante et moins d'histoires ; une femme de soldat ou quelque chose comme ça.

- Compris. C'est Stepanida qu'il vous faut. Son mari travaille en ville, c'est juste comme une femme de soldat, et une jolie femme, très propre, vous serez content. L'autre jour déjà, je lui ai dit : Viens, et elle…

- Alors quand ?

- Mais demain, si vous voulez. J'irai chercher du tabac et je passerai chez elle. Venez ici à midi, ou dans le potager, près du bain. Il n'y a personne à ce moment, car après le dîner tous font la méridienne. C'est bien.

Une émotion extraordinaire s'était emparée d'Eugène pendant qu'il retournait à la maison. Qu'adviendrait-il de cela ? Qu'est-ce que c'est qu'une paysanne ? Une créature hideuse, repoussante ? « Non, elles sont assez jolies, » se dit-il, se rappelant celles qui avaient attiré ses regards. « Que dirai-je, que ferai-je ? »

Il se sentit mal à l'aise toute la journée. Le lendemain, à midi, il se rendit chez le garde. Danilo se tenait sur la porte, et, sans mot dire, l'air important, il fit un signe de tête dans la direction du bois. Le sang afflua au cœur d'Eugène. Il se dirigea vers le potager. Personne. Il s'approcha du bain. Personne. Il scruta les alentours, et allait s'éloigner quand il entendit soudain le craquement d'une branche cassée. Il se retourna. Elle était dans le bosquet, séparée de lui par un fossé. Il s'élança à travers le fossé. Il se piqua à une ortie qu'il n'avait pas remarquée ; son pince-nez tomba, mais enfin il se trouva de l'autre côté. Une femme fraîche, jolie, en camisole blanche, jupe rouge sombre, un fichu rouge clair sur la tête et les pieds nus, était là et souriait timidement.

- Vous ferez bien de passer par ce petit sentier, lui dit-elle.

Il s'approcha d'elle, et, après avoir jeté autour de lui un regard circulaire, l'étreignit. Un quart d'heure plus tard ils se séparaient. Il retrouva son pince-nez, passa chez Danilo, et, en réponse à la question que lui posa celui-ci : - Eh bien, monsieur, êtes-vous content ? il lui donna un rouble et reprit le chemin de la maison. Il était content. D'abord il n'avait ressenti que de la honte, mais ensuite cela passa et il se sentit très bien. Ce qui était bien c'est que maintenant il se sentait léger, tranquille, courageux. Elle, il ne l'avait même pas très bien vue. Il se rappelait qu'elle était propre, fraîche, pas laide et ne faisait point de manières. « Qui est-elle ? » se demanda-t-il. Elle se nommait Petchnikoff, mais il y avait deux familles de ce nom. « Probablement la bru du vieux Mikhaïl. Oui, sûrement. Son fils travaille à Moscou. Je demanderai cela à Danilo. »

Depuis lors disparut ce désagrément, autrefois important, de la vie à la campagne, la continence involontaire, et Eugène, libéré de cette inquiétude, pouvait, l'esprit libre, s'occuper de ses affaires. Et la tâche qu'avait assumée Eugène n'était point aisée. Parfois il lui semblait qu'il manquerait des forces nécessaires pour la mener à bien, et qu'il serait obligé de vendre le domaine, et que tout son travail serait perdu. Ce qui l'attristait principalement en cette conjoncture, c'était de n'avoir pas pu mener jusqu'au bout la tâche entreprise. C'était ce qui le tourmentait le plus. À peine était-il parvenu à boucher un trou, d'une façon quelconque, qu'un autre, tout à fait à l'improviste, se découvrait.

En même temps, c'était chaque jour la surprise de nouvelles dettes de son père, jusqu'alors inconnues. Évidemment que les derniers temps le père avait emprunté partout où il le pouvait. Au moment du partage de la succession, Eugène avait cru connaître toutes les dettes, mais tout à coup, au milieu de l'été, il fut avisé par lettre qu'il y avait encore une dette de douze mille roubles à la veuve Essipoff. Il n'y avait point de billet à ordre, mais un simple reçu, très contestable au dire de l'avocat. Mais Eugène ne pouvait pas même concevoir l'idée de refuser le paiement d'une dette de son père, simplement parce que le document donnait matière à discussion. Il voulut seulement savoir s'il s'agissait réellement d'une dette.

- Maman, qui est-ce que cette Essipoff, Valérie Vladimirovna Essipoff ? demanda-t-il à sa mère, pendant le dîner.

- Essipoff ? Mais c'est la pupille du grand-père. Pourquoi cette question ?

Eugène raconta à sa mère de quoi il s'agissait.

- Comment n'a-t-elle pas honte ! Ton père lui a donné tant d'argent.

- Mais, ne lui devait-il pas quelque chose ?

- C'est-à-dire... Comment dirai-je... Ce n'est pas une dette... Ton père, dont la bonté était infinie...

- Oui, mais mon père considérait-il cela comme une dette ?

- Je ne saurais te le dire. Je l'ignore. Je sais que tu as déjà assez de peine sans cela.

Eugène voyait que Marie Pavlovna ne savait elle-même que dire.

- Je vois de tout cela qu'il faut payer, dit le fils. Demain j'irai chez elle et lui demanderai si l'on ne pourrait pas obtenir un délai.

- Oh ! que je te plains ! Mais cela vaut mieux. Dis-lui d'attendre, conseilla Marie Pavlovna, évidemment calmée et fière de la décision de son fils.

La situation d'Eugène était encore rendue difficile du fait que sa mère, qui vivait avec lui, ne la comprenait pas du tout. Toute sa vie elle avait vécu si largement qu'elle ne pouvait s'imaginer la situation dans laquelle se trouvait son fils, et qui était telle que, d'un jour à l'autre, ils pouvaient se trouver sans rien, obligés de vendre tout, n'ayant plus pour vivre tous deux que les appointements d'Eugène qui atteindraient tout au plus deux mille roubles. Elle ne comprenait pas que pour sortir de cette situation il fallait diminuer les dépenses sur toutes choses, et elle s'étonnait de voir Eugène économiser sur les jardiniers, les cochers et même sur les dépenses de table.

En outre, comme la plupart des veuves, elle avait pour la mémoire de son défunt mari un sentiment d'adoration qui dépassait considérablement tout ce qu'elle avait ressenti pour lui de son vivant, et elle n'admettait pas même l'idée que ce qu'avait fait son mari pouvait être mal ou être modifié.

Eugène, avec de grandes difficultés, entretenait le jardin et la serre avec deux jardiniers, et avait deux cochers pour l'écurie ; mais Marie Pavlovna, de ce qu'elle ne se plaignait pas de la cuisine préparée par le vieux chef, ni du fait que toutes les allées du jardin n'étaient pas soigneusement ratissées, ni de ce qu'au lieu de valets il n'y avait qu'un seul groom, naïvement pensait faire tout ce que peut faire une mère qui se sacrifie pour son enfant.

De même pour cette nouvelle dette, dans laquelle Eugène voyait un coup pouvant ruiner complètement toutes ses entreprises, Marie Pavlovna ne voyait que l'occasion pour Eugène de montrer sa générosité. Il y avait encore une autre considération par laquelle Marie Pavlovna s'inquiétait peu de la situation matérielle d'Eugène, c'est qu'elle était sûre qu'il ferait un brillant mariage qui arrangerait tout. Et il pouvait faire un mariage des plus brillants. Elle connaissait une dizaine de familles qui eussent été heureuses de lui donner leurs filles ; et elle désirait arranger cela le plus vite possible.

IV.

Eugène, lui aussi, rêvait du mariage, mais pas comme sa mère. L'idée de se marier pour arranger ses affaires lui répugnait. Il voulait se marier honnêtement, par amour ; et il examinait les jeunes filles qu'il connaissait ou rencontrait, les comparait entre elles, mais ne se décidait pas.

Cependant, chose à laquelle il ne s'était nullement attendu, ses relations avec Stepanida continuaient, et même avaient pris le caractère de quelque chose de stable. Après leur première rencontre, Eugène espérait ne plus revoir Stepanida, mais, quelque temps après, il ressentit de nouveau une inquiétude dont il détermina la cause ; et cette fois l'inquiétude n'était plus impersonnelle, mais évoquait précisément ces mêmes yeux noirs brillants, cette même voix grave, cette même odeur d'une créature fraîche et robuste, cette même forte poitrine qui soulevait la camisole, et tout cela dans le bois de noisetiers et de platanes, inondé de soleil.

Quelque honte qu'il en éprouva, il s'adressa de nouveau à Danilo. Et de nouveau le rendez-vous fut fixé pour midi, dans le bois. Cette fois Eugène l'examina davantage, et tout en elle lui parut attrayant. Il essaya de causer avec elle, lui parla de son mari. Celui-ci était bien en effet le fils de Mikhaïl, et travaillait à Moscou, comme cocher.

- Eh bien... comment se fait-il que toi... Eugène voulait lui demander pourquoi elle le trompait.

- Quoi ? Comment ? fit-elle. Elle était certainement intelligente.

- Oui... Comment se fait-il que tu viennes avec moi ?

- Ah ! fit-elle gaiement, je pense que lui, là-bas, ne s'en prive pas. Alors pourquoi n'en ferais-je pas autant ?

On voyait qu'elle s'efforçait à faire montre d'audace et d'effronterie ; et cela parut charmant à Eugène. Cependant il ne lui fixa point de rendez-vous ; et même quand elle lui proposa de se voir en dehors de Danilo qu'elle paraissait, on ne sait pourquoi, ne point aimer beaucoup, Eugène refusa. Il espérait que ce rendez-vous serait le dernier. Elle lui plaisait. Il croyait qu'une liaison pareille lui était nécessaire et qu'il n'y avait point de mal à cela. Cependant, au fond de son âme, un juge plus sévère désapprouvait cela et il espérait que ce serait la dernière fois. S'il ne l'espérait pas, du moins ne voulait-il pas y apporter de préméditation et préparer d'avance un nouveau rendez-vous.

Ainsi passa tout l'été, pendant lequel ils se rencontrèrent une dizaine de fois et toujours par l'intermédiaire de Danilo. Une fois, elle ne put venir parce que son mari venait d'arriver. Danilo proposa une autre femme. Eugène refusa avec dégoût. Puis le mari partit et les rencontres eurent lieu comme auparavant, d'abord par l'intermédiaire de Danilo, puis enfin lui-même fixa le jour, et elle venait accompagnée d'une femme, Prokhorova, parce qu'une femme ne peut aller seule.

Un jour, juste au moment fixé pour le rendez-vous, Marie Pavlovna reçut la visite de la famille d'une jeune fille qu'elle désirait faire épouser à son fils, et il fut impossible à Eugène de sortir. Dès qu'il put s'esquiver, il feignit d'aller à la grange, puis par un petit sentier il courut dans le bois, au lieu du rendez-vous. Elle n'y était pas, mais à l'endroit habituel, tout ce que la main pouvait atteindre était brisé ; les noisetiers, les merisiers, même les jeunes platanes. Elle l'avait attendu, s'était énervée, puis fâchée, et avait cassé tout cela pour qu'il se souvînt. Il resta là un moment, puis alla chez Danilo et lui demanda de la faire venir le lendemain. Elle vint exactement et fut comme toujours.

Ainsi se passa l'été. Les rendez-vous avaient toujours lieu dans le bois et une fois seulement, à l'approche de l'automne, dans la grange près de la maison.

Il ne venait même pas en tête à Eugène que ces rapports pouvaient avoir pour lui une importance quelconque. Pour ce qui était d'elle, il n'y pensait même pas. Il lui donnait de l'argent et rien de plus. Il ne savait pas et ne pensait pas que tout le village était au courant de leur liaison, qu'on la jalousait, qu'on lui soutirait de l'argent, qu'on l'encourageait, et que, sous l'influence de l'argent et des conseils de ses parents, la notion du péché se dissipait tout à fait. Il lui semblait que, si les gens l'enviaient, c'était donc que ce qu'elle faisait était bien.

« Il le faut simplement pour la santé, » pensait Eugène. « Admettons que ce n'est pas bien… et quoique personne ne dise rien, tout le monde doit le savoir… La femme qui l'accompagne toujours sait… et si elle sait, sûrement elle a raconté aux autres. Non, j'agis mal, pensait Eugène, mais que faire, ce n'est pas pour longtemps. »

Ce qui surtout gênait Eugène, c'était le mari. D'abord, on ne sait pourquoi, il s'était imaginé que le mari devait être très laid, et cela paraissait justifier un peu sa conduite. Mais il avait vu le mari et il avait été frappé : c'était un beau gaillard, élégant, certainement pas pire que lui et même beaucoup mieux. Au premier rendez-vous qu'ils eurent après cela, il lui dit qu'il avait vu son mari et avait admiré quel beau garçon il était.

- Il n'a pas son pareil dans tout le village ! dit-elle avec fierté.

Cela étonna Eugène ; puis la pensée du mari ne le tourmenta plus. Une fois qu'il se trouvait chez Danilo, celui-ci au milieu de la conversation lui dit très simplement :

- Mikhaïlo m'a demandé l'autre jour si c'est vrai que le maître est avec sa femme. Je lui ai répondu que je n'en savais rien. - Bah ! après tout, m'a-t-il dit, c'est mieux avec un Monsieur qu'avec un paysan.

- Et puis, qu'a-t-il dit encore ?

- Rien. Seulement il a ajouté : Attends, je saurai la vérité, et je lui ferai voir…

« Si le mari revient, je la quitterai. » Mais le mari restait en ville et leurs relations continuaient. « Quand le moment sera venu, je romprai, et tout sera fini, » pensa-t-il. Et cela lui parut indiscutable, d'autant plus que cet été plusieurs choses l'occupèrent : la construction d'un nouveau hameau, la récolte, des bâtisses, et, principalement, le paiement de la dette et la vente d'une partie des terres. Toutes ces choses l'absorbaient entièrement, il y pensait du lever au coucher. Tout cela, c'était la vie, la vraie vie, tandis que ses rapports (il n'appelait même pas cela liaison) avec Stepanida n'étaient d'aucune importance. Il est vrai que quand paraissait le désir de la voir, c'était avec une telle violence qu'il ne pouvait penser à rien d'autre ; mais cela ne durait pas longtemps : un rendez-vous, et de nouveau il l'oubliait pour des semaines, parfois pour un mois.

L'automne venu, Eugène alla souvent en ville, et là il fit connaissance de la famille Annensky. Dans cette famille il y avait une jeune fille qui venait de sortir du pensionnat, et, à la grande tristesse de Marie Pavlovna, il arriva que, selon son expression, Eugène se vendit à bon marché. Il s'amouracha de Lise et demanda sa main. Dès cet instant ses rapports avec Stepanida cessèrent.

V

Pourquoi Eugène choisit-il Lise Annensky ? On ne saurait l'expliquer, de même qu'on ne peut jamais expliquer pourquoi un homme choisit telle femme plutôt qu'une autre. Il y avait à cela une foule de raisons positives et négatives. Une des raisons c'est qu'elle n'était pas le riche parti que sa mère rêvait pour lui, qu'elle était naïve et très touchante dans ses relations avec sa mère, qu'elle n'était pas une de ces beautés qui attirent l'attention, sans toutefois être laide ; et, la principale, qu'il avait fait sa connaissance juste quand il commençait à être mûr pour le mariage. Lise Annensky d'abord plaisait sans plus à Eugène, mais quand il eut décidé d'en faire sa femme il éprouva pour elle un sentiment beaucoup plus vif et comprit qu'il était amoureux. Lise était grande, mince, longue. Tout était long en elle : la figure, le nez, qui n'était pas proéminent mais s'allongeait sur le visage, les mains et les pieds. La peau du visage était fine, blanche, avec quelques points jaunâtres et une légère rougeur ; ses cheveux étaient longs, blonds, soyeux et bouclés ; ses yeux étaient beaux, clairs, doux et confiants. Ses yeux avaient particulièrement frappé Eugène, et quand il pensait à Lise il se représentait toujours ses yeux clairs, doux et confiants.

C'était pour le physique. Moralement, il ne savait rien d'elle ; il ne voyait que ses yeux, et ses yeux paraissaient dire tout ce qu'il lui fallait savoir. Dès l'âge de quinze ans, étant encore en pension, Lise était amoureuse de tous les hommes ayant quelque agrément. Elle n'était animée et heureuse que quand elle était amoureuse. Sortie de pension, elle continua à s'éprendre de tous les jeunes gens qu'elle rencontrait, et, naturellement, devint amoureuse d'Eugène aussitôt qu'elle eut fait sa connaissance. C'était cet état amoureux qui donnait à ses yeux l'expression particulière qui charmait tant Eugène.

Ce même hiver, elle était amoureuse à la fois de deux jeunes gens, et rougissait, se troublait, non seulement quand ils entraient dans la pièce où elle se trouvait, mais même quand on prononçait leurs noms. Mais dès que sa mère lui laissa à entendre qu'Irténieff semblait avoir des intentions sérieuses, son amour pour lui grandit en de telles proportions qu'elle devint presque indifférente pour les deux autres ; et quand Irténieff commença à venir chez eux, quand aux bals, aux soirées, il dansa avec elle plus qu'avec d'autres, et, visiblement, ne chercha plus à savoir qu'une chose : s'il était aimé, alors elle se passionna pour lui d'une façon presque maladive. Elle le voyait en rêve, et même croyait le voir en réalité, quand elle se trouvait dans un endroit obscur ; et aucun autre n'exista plus pour elle. Aussitôt après la demande en mariage et la bénédiction des parents, quand ils s'embrassèrent et furent fiancés, une seule pensée, un seul désir, remplaça en elle toutes les autres pensées, tous les autres désirs : rester avec lui, l'aimer, en être aimée. Elle était fière de lui ; elle s'attendrissait sur lui et sur soi-même, et sa tendresse pour elle la faisait se pâmer d'amour pour lui. Tant qu'à Eugène, plus il la connaissait plus il l'aimait. Il ne s'était point attendu à rencontrer un amour pareil, et cette passion augmentait encore son sentiment.

VI

Avant le printemps il se rendit à Sémionovskoié pour voir sa propriété, donner des ordres, et, principalement, aménager la maison où il devait revenir s'installer après le mariage.

Marie Pavlovna était mécontente du choix de son fils, et cela non seulement parce que ce n'était pas le mariage brillant auquel il pouvait prétendre, mais encore parce que la future belle-mère de son fils ne lui plaisait pas. Était-elle bonne ou méchante, elle l'ignorait et ne s'en préoccupait point, mais, à la première entrevue, Marie Pavlovna avait remarqué qu'elle n'était pas une femme distinguée, une lady, comme elle disait, et cela l'attristait. Cela l'attristait parce que, par habitude, elle appréciait la distinction, et sachant Eugène très susceptible sous ce rapport, elle craignait qu'il n'eût à en souffrir. Quant à la jeune fille, elle lui plaisait. Elle lui plaisait principalement parce qu'elle plaisait à Eugène. Il fallait donc se résigner à l'aimer, et Marie Pavlovna y était prête, tout à fait sincèrement.

Eugène trouva sa mère heureuse, contente. Elle arrangeait tout dans la maison, et elle-même se préparait à partir aussitôt qu'Eugène amènerait sa jeune femme. Il la pria de rester, et cette question resta en suspens.

Le soir, comme d'habitude, après le thé, Marie Pavlovna fit une patience. Eugène assis près d'elle l'aidait. C'était le moment des causeries intimes. Ayant terminé une patience, sans en recommencer une autre, Marie Pavlovna regarda Eugène et, un peu hésitante, commença ainsi :

- Voici, Eugène, ce que je voulais te dire. Sans doute je ne sais rien, mais, en général, mon conseil est, qu'avant le mariage, il faut en finir complètement avec toutes les aventures de célibataire, afin que ni toi, ni (Dieu préserve) ta femme, ne puissent être inquiétés plus tard. Tu me comprends ?

En effet, Eugène comprit aussitôt que Marie Pavlovna faisait allusion à ses relations avec Stepanida, rompues depuis l'automne, et que, comme la plupart des femmes qui vivent seules, elle attachait à ces relations beaucoup plus d'importance qu'elles n'en avaient. Eugène rougit moins de honte que de dépit, de voir la bonne Marie Pavlovna se mêler - par affection, il est vrai, mais en somme se mêler - de choses qu'elle ne comprenait pas et ne pouvait comprendre. Il l'assura qu'il n'avait rien à redouter, car il s'était toujours conduit de façon à ce que rien ne pût entraver son mariage.

- C'est très bien, mon ami. Ne t'offense pas, Eugène, dit Marie Pavlovna confuse.

Mais Eugène remarqua qu'elle n'avait point terminé et n'avait pas dit ce qu'elle voulait dire. Il en était bien ainsi. Un peu plus tard elle se mit à lui raconter qu'en son absence on lui avait demandé d'être marraine chez... les Petchnikoff. Eugène rougit de nouveau, et cette fois non plus de dépit ou de honte mais d'un sentiment étrange, de la conscience de l'importance de ce qu'on allait lui apprendre, de la conscience de quelque chose complètement en désaccord avec tous ses raisonnements. En effet, il arriva ce qu'il pressentait. Marie Pavlovna, sans arrière-pensée apparente, raconta que cette année il ne naissait presque que des garçons, que c'était probablement signe de guerre. Chez les Vassine, chez les Petchnikoff, le premier-né était aussi un garçon. Marie Pavlovna voulait raconter cela sans avoir l'air d'y toucher, mais à son tour elle fut prise de honte quand elle vit la rougeur du visage de son fils, ses mouvements nerveux avec son pince-nez et ses façons hâtives d'allumer une cigarette. Elle se tut ; il ne sut comment rompre ce silence, et tous deux demeurèrent convaincus de s'être compris.

- Oui, le principal, à la campagne, c'est la justice, pour qu'il n'y ait pas de favoris comme chez ton oncle.

- Maman ! fit tout d'un coup Eugène, je sais pourquoi vous dites tout cela. Mais c'est inutile. Ma future vie de famille est pour moi une chose sacrée, à laquelle, en aucun cas, je ne porterai atteinte. Tout ce qu'il y a eu dans ma vie de garçon est complètement fini ; je n'ai jamais eu aucune liaison durable et personne n'a aucun droit sur moi.

- C'est bien ; j'en suis heureuse, dit la mère. Je connais tes nobles sentiments.

Eugène accepta les paroles de sa mère comme un tribut mérité et se tut.

Le lendemain matin il partit en ville. Il pensait à sa fiancée, à tout au monde excepté Stepanida. Mais, comme exprès pour la rappeler à lui, en approchant de l'église, il rencontra des gens qui en revenaient à pied et en voiture. Il y avait le vieux Matthieu avec Semen, des enfants, des jeunes filles, puis deux femmes, l'une déjà âgée, l'autre élégante, en fichu rouge vif, qu'il lui sembla connaître. La jeune femme marchait d'un pas léger, assuré, et portait un enfant sur ses bras. Quand il arriva à leur niveau, l'aînée des femmes le salua à la façon d'autrefois, en s'arrêtant ; la jeune femme qui portait l'enfant inclina seulement la tête, et, de dessous le fichu, se posèrent sur lui des yeux gais, souriants, qu'il connaissait. « Oui, c'est elle ; mais tout est fini ; ce n'est pas la peine de la regarder. L'enfant ?… peut-être le mien, lui passa-t-il en tête. - Non, c'est stupide. Son mari était là. »

Il était tout à fait convaincu qu'il n'y avait eu là pour lui qu'une question de santé ; qu'ayant donné de l'argent, il ne devait rien de plus ; qu'il n'y avait entre lui et elle aucun lien, qu'il n'y en avait pas et n'en pouvait être. Et ce n'était pas qu'il étouffait la voix de la conscience, mais simplement sa conscience ne lui disait rien. Après sa conversation avec sa mère et après cette rencontre, il ne pensa plus à elle une seule fois et ne la rencontra plus.

Après Pâques, le mariage fut célébré en ville, et aussitôt Eugène partit avec sa jeune femme à la campagne. La maison était arrangée comme on arrange ordinairement la maison pour de nouveaux mariés. Marie Pavlovna voulut partir, mais Eugène, et surtout Lise, la prièrent de rester. Elle resta, mais s'installa dans le pavillon.

Ainsi commença pour Eugène une vie nouvelle.

VII

Cette première année de ménage était pour Eugène une année très difficile. Elle était difficile parce que les affaires qu'il avait ajournées pendant ses fiançailles, maintenant arrivaient toutes à la fois ; et il était forcé de constater qu'il lui était impossible de se tirer complètement des dettes. On vendit une partie de la propriété pour payer les dettes les plus pressantes, mais il y en avait d'autres, et l'on restait sans argent. La propriété donnait de bons revenus, mais il fallait envoyer au frère, il y avait eu des dépenses pour le mariage, de sorte que l'argent manquait, et l'on dut même arrêter le fonctionnement de la raffinerie. Il n'avait qu'un moyen de se tirer d'affaire : se servir de l'argent de sa femme. Lise ayant compris la situation de son mari l'exigea. Eugène consentit, mais à condition de mettre, par un acte de vente, la moitié de la propriété au nom de sa femme. Et il fit ainsi, bien entendu, pas pour sa femme, qui en était froissée, mais pour sa belle-mère.

La situation critique de ses affaires fut une des choses qui empoisonnèrent la vie d'Eugène pendant cette première année. L'autre fut la maladie de sa femme. Cette même première année, sept mois après le mariage, en automne, un accident arriva à Lise. Elle était partie en char-à-bancs à la rencontre de son mari qui revenait de la ville. Le cheval, très doux, se mit à gambader. Lise prit peur et s'élança de la voiture. Sa chute avait été relativement heureuse ; elle avait pu s'accrocher à une roue, mais elle était enceinte, et dans la nuit elle fut prise de douleurs et fit une fausse-couche. Elle fut très longue à se remettre.

La perte de l'enfant attendu, la maladie de sa femme et les complications matérielles qui en résultèrent, et, principalement, la présence de sa belle-mère accourue pour soigner Lise, tout cela contribua à rendre, pour Eugène, cette année encore plus pénible.

Cependant, malgré cette triste circonstance, à la fin de la première année, Eugène se sentit très bien. Premièrement, son idée de renouveler la vie de son grand-père sous de nouvelles formes, bien que lentement et différemment, commençait à se réaliser. Maintenant il ne pouvait plus être question de la vente de toute la propriété pour payer les dettes. La propriété principale, passée au nom de sa femme, était sauvée ; et avec une belle récolte de betteraves, vendues à bon prix, c'était pour l'année future, au lieu de la situation précaire de cette année, l'aisance assurée. C'était une chose.

L'autre était qu'il avait trouvé en sa femme ce qu'il ne s'était point attendu à trouver en elle, et cependant il en avait attendu beaucoup. Ce n'était pas ce qu'il avait espéré, c'était beaucoup mieux. Ce n était point l'attendrissement, l'enthousiasme amoureux, bien qu'il tâchât de les provoquer ; non, ce n'était pas cela, c'était tout autre chose, qui rendait sa vie non seulement plus gaie, plus agréable, mais beaucoup plus facile. Il ne savait pas à quoi attribuer cela, mais c'était ainsi. Et il en était ainsi parce que Lise, aussitôt après ses fiançailles, avait décidé que, de tous les hommes au monde, Eugène Irténieff était le meilleur, le plus intelligent, le plus pur, le plus noble, et que, par conséquent, il était du devoir de tous de faire tout pour être agréable à cet Irténieff ; mais comme on ne pouvait forcer tout le monde à agir ainsi, alors elle-même devait y employer toutes ses forces. Et elle faisait ainsi. Toutes ses forces morales étaient appliquées à deviner ses goûts et ses désirs, puis à les satisfaire, quelque difficile que cela fût. Il y avait en elle ce qui fait le charme principal du commerce avec la femme aimante. Grâce à son amour pour son mari, elle savait lire dans son âme. Elle sentait - mieux que lui-même, lui semblait-il - l'état de son âme, la moindre nuance de ses sentiments, et agissait en conséquence. C'est pourquoi elle ne heurtait jamais ses sentiments, mais toujours adoucissait les impressions pénibles et amplifiait les impressions joyeuses. Et non seulement elle comprenait ses sentiments, mais ses pensées même. Les choses les plus étrangères pour elle : l'agriculture, la raffinerie, l'appréciation des gens, lui devenaient accessibles d'un coup, et elle savait être pour lui une interlocutrice et souvent même une conseillère utile, irremplaçable. Sur les choses, les gens, sur tout au monde, elle ne regardait qu'avec ses yeux. Elle aimait sa mère, mais s'étant aperçue que son immixtion dans leur vie était désagréable à Eugène, elle se rangea tout de suite du côté de son mari, et si résolument qu'il dût lui-même la modérer.

En outre, elle possédait énormément de goût, de tact, et de douceur. Tout ce qu'elle faisait se faisait sans qu'on le remarquât ; on n'en voyait que le résultat ; et en tout elle apportait la propreté, l'ordre, l'élégance. Lise avait compris d'un coup quel était l'idéal de son mari et s'était efforcée de l'atteindre, et dans la tenue de la maison elle avait réalisé précisément ce qu'il désirait. Les enfants manquaient, mais on avait de l'espoir. Dans le courant de l'hiver ils étaient allés à Pétersbourg consulter un spécialiste, qui leur avait affirmé que Lise était très bien portante et pouvait avoir des enfants.

Et ce désir se réalisa ; à la fin de l'année, Lise se trouva de nouveau enceinte.

Une seule chose menaçait leur bonheur : sa jalousie ; jalousie qu'elle refoulait, ne montrait pas, mais dont elle souffrait souvent. Non seulement Eugène ne pouvait aimer personne, parce qu'il n'existait pas au monde de femme digne de lui (était-elle digne de lui ou non, cela, elle ne se le demandait jamais), mais parce que pas une femme ne pouvait oser l'aimer. Tout allait bien. Ils vivaient à la campagne, seuls. Même la belle-mère, qui troublait un peu leur calme, était partie ; seule Marie Pavlovna, avec laquelle Lise était particulièrement amie, venait et restait chez elle des semaines entières. Leur vie était des plus heureuses et des plus douces. La besogne d'Eugène marchait admirablement ; la santé de Lise, malgré son état, était excellente ; le lien entre les époux se resserrait de plus en plus, sans que rien y vint mettre obstacle.

Leur vie était réglée de la façon suivante : Eugène se levait toujours de très bonne heure, et se rendait aux champs ou à l'usine. Vers dix heures, il venait prendre le café servi sur la terrasse, où l'attendaient Marie Pavlovna, un oncle qui demeurait chez eux, et Lise. Après une conversation souvent très animée, pendant le café, on se séparait jusqu'au dîner, et chacun s'occupait à sa guise, soit à lire, soit à écrire, soit à quelque autre affaire. Ensuite on faisait une promenade à pied ou en voiture. Le soir, quand Eugène revenait du bureau, on prenait le thé ; très tard, parfois on faisait une lecture à haute voix ; Lise travaillait, ou faisait de la musique, ou on causait quand venaient des amis. Quand Eugène s'absentait pour ses affaires, chaque jour il recevait une lettre de sa femme. Parfois elle l'accompagnait et c'était particulièrement gai. Pour leur fête, à lui ou à elle, on réunissait des invités, et c'était plaisir de voir comment elle savait tout arranger de façon à ce que tout le monde soit content. Il voyait et entendait que tous admiraient sa jeune et charmante femme, et il l'en aimait encore davantage.

Tout allait bien. Elle supportait facilement sa grossesse, et tous deux, bien que craintivement, commençaient à faire des projets sur la manière d'élever le futur bébé. Le mode d'éducation, les méthodes, tout cela était décidé par Eugène. Elle-même ne désirait qu'une chose : agir selon sa volonté. Eugène se mit à lire beaucoup de livres de médecine, et déjà se promettait d'élever son enfant selon toutes les règles de la science. Naturellement, elle y souscrivait et était prête à tout. Ainsi arriva la deuxième année de leur mariage, leur deuxième printemps.

C'était la veille de la Trinité. Lise était enceinte de cinq mois, et, bien qu'elle prît beaucoup de précautions, elle était gaie et se remuait beaucoup. Les deux mères, celle de Lise et celle d'Eugène, qui vivaient chez eux sous prétexte de veiller sur Lise, ne faisaient que l'ennuyer par leurs querelles. Eugène s'occupait avec une ardeur particulière d'une nouvelle culture en grand de la betterave.

À l'approche de la Trinité, Lise avait résolu de procéder au nettoyage à fond de la maison, qu'on n'avait pas fait depuis Pâques, et, pour aider à ses domestiques, elle fit venir deux femmes de journée pour laver les parquets, les fenêtres et les meubles, battre les tapis, mettre les housses. Le matin, de bonne heure, les femmes vinrent préparer les seaux d'eau et se mirent au travail. L'une de ces deux femmes était Stepanida, qui venait de sevrer son petit garçon et qui, par un employé, s'était fait demander : elle voulait voir de près la nouvelle dame. Stepanida vivait comme auparavant, sans son mari, et faisait des frasques comme autrefois avec le vieux Danilo, qui l'avait surprise une fois volant du bois, ensuite avec le maître, puis avec le jeune employé du bureau.

Elle ne pensait plus au maître. « Maintenant il a sa femme, se disait-elle ; mais cela me fera plaisir de voir madame et son installation : on dit que c'est très bien arrangé chez eux. »

Eugène ne l'avait pas revue depuis qu'il l'avait rencontrée avec l'enfant. Elle ne travaillait pas à la journée, puisqu'elle devait garder son enfant, et lui allait très rarement au village.

Ce matin, veille de la Trinité, Eugène se leva à cinq heures du matin et partit dans les champs où l'on devait mettre des phosphates. Il sortit de la maison avant que les jeunes femmes y fussent entrées. Mais elles étaient dans la cuisine, près du fourneau à chauffer l'eau.

Heureux, content, très affamé, Eugène retourna pour le déjeuner. Il descendit de cheval près de la porte charretière, et, ayant remis sa monture entre les mains du jardinier qui passait par là, en frappant de sa cravache l'herbe haute et répétant une phrase, comme cela lui arrivait souvent, il se dirigea vers la maison. La phrase qu'il répétait c'était : « Les phosphates rendront. » Quoi ? À qui ? Il n'y songeait nullement. Dans la cour on battait les tapis. Tous les meubles étaient sortis. « Mon Dieu, quel nettoyage a fait Lise ! Les phosphates rendront. En voilà une maîtresse de maison ! Oui, quelle ménagère ! » se disait-il, et il se la représenta vivement en robe de chambre blanche, avec ce visage rayonnant de bonheur qu'elle avait presque toujours quand il la regardait. « Oui, il faut changer de bottes, autrement... les phosphates rendront, c'est-à-dire, ça sentira le fumier, et la patronne est dans une telle situation... Pourquoi est-elle dans une telle situation ?... Oui, là-bas grandit un nouveau petit Irténieff, pensa-t-il. Oui, les phosphates rendront. » Et, en souriant à ses pensées, il poussa la porte de sa chambre. Mais au même moment, la porte s'ouvrit, tirée de l'intérieur, et il se trouva nez à nez avec une femme qui en sortait, un seau à la main, la jupe retroussée, pieds nus, les manches haut relevées. Il s'écarta pour laisser passer la femme. Elle s'écarta aussi en rajustant de sa main mouillée son fichu qui glissait.

- Va, va. Je ne passerai pas si vous... commença Eugène, mais tout d'un coup il s'arrêta : il l'avait reconnue.

Elle sourit des yeux, le regarda gaiement, et, en tirant sa jupe, sortit.

« Quelle blague ! Qu'est-ce que cela veut dire ? Ce n'est pas possible ! » se dit Eugène en fronçant les sourcils et chassant de la main, comme une mouche, une pensée importune, mécontent de l'avoir vue. Il était mécontent de l'avoir vue et en même temps il ne pouvait détacher ses yeux de son corps, balancé par sa démarche résolue, de ses pieds nus, de ses bras, de ses épaules, des plis gracieux de sa jupe rouge relevée au-dessus des mollets blancs.

« Mais pourquoi est-ce que je regarde ? » se dit-il en baissant les yeux pour ne pas la voir. « Oui, il faut tout de même rentrer et prendre d'autres chaussures. » Il se dirigea vers sa chambre, mais il n'avait pas fait cinq pas que, ne sachant lui-même comment, par quelle force, il se retourna pour la voir encore une fois. Elle tournait le coin, et, au même moment, elle aussi se retourna de son côté. « Ah ! que fais-je ? se dit-il. Elle peut penser... Oui, sûrement elle a déjà pensé ! »

Il entra dans la chambre mouillée. Une femme âgée, maigre, était là en train de laver. Eugène avança sur la pointe des pieds entre les petites mares boueuses, jusqu'au mur où il ôta ses bottes. Il allait sortir quand la femme sortit aussi. « Celle-ci s'en va et l'autre, Stepanida, viendra, seule, » commença à raisonner en lui quelqu'un.

« Mon Dieu ! À quoi vais-je penser ! Que fais-je ! » Il saisit ses bottes, et, les tenant à la main, courut dans le vestibule, les déposa là, s'épousseta, et sortit sur la terrasse où déjà étaient assises les deux mamans, prenant leur café. Lise, évidemment, l'attendait. Elle parut sur la terrasse, d'une autre porte, en même temps que lui. « Mon Dieu ! elle qui me croit si honnête, si pur, si innocent, si elle savait ! » pensa-t-il.

Lise, comme toujours, le rencontra le visage rayonnant. Mais aujourd'hui elle lui paraissait particulièrement pâle, jaune, longue et faible.

X

Pendant le café, comme il arrive souvent, se déroula cette conversation particulière des dames, de laquelle est banni tout lien logique, mais qui, cependant, est liée par quelque chose, puisqu'elle se prolonge sans interruption. Les deux dames se lançaient des pointes, et Lise, très habilement, tâchait d'amortir les coups.

- Je suis désolée qu'on n'ait pas réussi à terminer ta chambre avant ton retour, dit-elle à son mari. J'ai un tel désir que tout soit bien arrangé.

- Eh bien ! et toi ? As-tu dormi après que j'ai été parti ?

- Oui, j'ai dormi. Je me sens très bien.

- Comment une femme peut-elle se sentir bien dans cette situation, pendant cette chaleur insupportable, avec des fenêtres au soleil, et encore sans rideau ni marquise ? dit Varvara Alexievna, la mère de Lise. Chez moi, il y a toujours des marquises.

- Mais ici, on a déjà l'ombre à dix heures du matin, remarqua Marie Pavlovna.

- C'est pourquoi il y a la fièvre... l'humidité... dit Varvara Alexievna, sans remarquer que c'était tout le contraire de ce qu'elle soutenait auparavant. Mon médecin dit toujours qu'on ne peut jamais définir la maladie sans connaître le tempérament du malade, et il sait bien ce qu'il dit, car il est le premier docteur, et nous le payons cent roubles. Mon mari défunt était contre les médecins, mais, pour moi, il ne regardait jamais à la dépense.

- Mais comment un homme peut-il lésiner quand la vie de sa femme et celle de son enfant en dépendent peut-être ? Oui, quand on en a les moyens, la femme peut être indépendante de son mari.

- Une bonne épouse obéit à son mari, dit Varvara Alexievna ; seulement Lise est encore trop faible après sa maladie.

- Mais non, maman, je me sens très bien. Est-ce qu'on ne vous a pas encore donné de crème cuite ?

- Je n'en ai pas besoin. Je puis me contenter de crème fraîche.

- J'ai demandé à Varvara Alexievna, elle a refusé, dit Marie Pavlovna, comme pour se justifier.

- Mais non, je n'en veux pas.

Et comme pour mettre fin à une conversation désagréable, en cédant magnanimement, Varvara Alexievna s'adressa à Eugène :

- Eh bien ! A-t-on mis les phosphates ?

Lise courut chercher de la crème.

- Mais je n'en veux pas ! Je n'en veux pas !

- Lise ! Lise ! pas si vite ! cria Marie Pavlovna. - Ces mouvements rapides sont très mauvais pour elle.

- Rien n'est mauvais quand il y a la tranquillité morale, déclara Varvara Alexievna, semblant faire allusion à quelque chose, bien qu'elle sût elle-même que ces paroles ne pouvaient faire allusion à rien.

Lise revint apportant la crème.

Eugène prenait son café, et écoutait, taciturne. Il était habitué à de pareils entretiens, mais aujourd'hui, l'insanité de celui-ci l'irritait particulièrement. Il voulait réfléchir à ce qui lui était arrivé et ce papotage l'en empêchait. Quand elle eut terminé son café, Varvara Alexievna partit, de mauvaise humeur. Quand Eugène, Lise et Marie Pavlovna se trouvèrent seuls, la conversation devint simple et agréable. Mais, très intuitive par l'amour, Lise remarqua aussitôt que quelque chose tourmentait Eugène, et elle lui demanda si rien de désagréable ne lui était arrivé. Il n'était pas préparé à cette question, et il s'embrouilla un peu en répondant qu'il ne lui était rien arrivé. Et cette réponse fit réfléchir Lise encore davantage. Le fait que quelque chose le tourmentait, et même le tourmentait beaucoup, était pour elle aussi évident que le fait qu'une mouche venait de tomber dans le lait. Mais il ne voulait pas dire ce qu'il avait. Qu'était-ce donc ?

Après le déjeuner tous se séparèrent. Eugène, comme d'habitude, alla dans son bureau. Il ne se mit ni à lire ni à écrire des lettres, mais s'assit et commença à fumer une cigarette après l'autre, en réfléchissant. Ce qui l'étonnait et l'attristait horriblement, c'était le sentiment mauvais qui, tout à fait inopinément, s'était manifesté en lui, et dont il se croyait délivré depuis son mariage. En effet, depuis, il n'avait pas éprouvé une seule fois ce sentiment, ni pour Stepanida, ni pour n'importe quelle femme hormis la sienne. Dans son âme, plusieurs fois, il s'était réjoui de cette délivrance, et voilà que tout d'un coup, par hasard, il reparaissait et lui révélait qu'il n'était pas affranchi. Maintenant il était tourmenté, non de l'emprise nouvelle de ce sentiment, non du désir, - à cela il ne voulait pas même penser, - mais du fait qu'il était vivant en lui, et qu'il fallait y prendre garde. Dans son âme il n'y avait point de doute pour la victoire sur ce sentiment.

Il devait écrire une lettre et rédiger un document. Il s'assit devant sa table à écrire et commença à travailler. Son travail terminé, et ayant complètement oublié ce qui l'avait troublé, il sortit pour passer à l'écurie ; et de nouveau, comme par un fait exprès, ou un hasard malheureux, à peine était-il sorti sur le perron que parut la jupe rouge, le fichu rouge ; et en balançant les bras et se dandinant, elle passa devant lui. Non seulement elle passa, mais courut en le dépassant, comme si elle eût joué avec lui, et rejoignit sa compagne. De nouveau s'offrirent à son imagination le midi brillant, les orties, Danilo, la hutte du garde champêtre, et, dans l'ombre des platanes, la bouche souriante qui mordillait des feuilles.

« Non, c'est impossible de laisser cela ainsi, » se dit-il, et, ayant attendu que les deux femmes disparussent de sa vue, il alla au bureau. Il était juste midi et il espérait trouver son gérant. Il était là. Il venait de s'éveiller. Il s'étirait en bâillant et regardait le gardeur de bétail qui lui disait quelque chose.

- Vassili Nikolaievitch !

- Que désirez-vous ?

- J'ai besoin de vous parler.

- À vos ordres.

- Mais d'abord, terminez.

- Est-ce que tu n'apporteras pas ? demanda Vassili Nikolaievitch au gardeur de bétail.

- C'est lourd, Vassili Nikolaievitch.

- Qu'y a-t-il ? demanda Eugène.

- Mais voilà… Une vache a mis bas dans les champs.

- Eh bien, c'est bon, je vais donner l'ordre d'atteler un cheval. Dis à Nicolas de prendre le fardier.

Le gardeur de bétail sortit.

- Voyez-vous… commença Eugène en rougissant et le sentant, - voyez-vous, Vassili Nikolaievitch, quand j'étais encore célibataire… j'avais une liaison… Peut-être avez-vous entendu…

Vassili Nikolaievitch sourit des yeux, et, évidemment pris de compassion pour son maître, dit :

- C'est à propos de Stepanida ?

- Oui, c'est ça… Alors, voilà… je vous prie… je vous prie de ne pas la prendre pour travailler à la journée dans la maison… Vous comprenez, cela m'est très désagréable…

- C'est probablement Ivan, l'employé, qui aura donné cet ordre.

- Alors, c'est entendu… Eh bien ! qu'en pensez-vous vous, faut-il mettre tout le reste ? dit Eugène, pour cacher sa confusion.

- J'y vais précisément à l'instant.

- Alors terminons cela.

Et Eugène se tranquillisa, espérant que puisqu'il était déjà resté une année sans la rencontrer, il en serait encore de même. « En outre, Vassili Nikolaievitch va en parler à l'employé, celui-ci en parlera à

Stepanida et elle comprendra que je ne veux pas cela, » se disait Eugène, et il se réjouissait d'avoir eu le courage de s'ouvrir à Vassili Nikolaievitch, quelque difficile que cela fût pour lui. « Oui, tout vaut mieux, tout, plutôt que ce doute, cette honte. » Il tressaillait au seul souvenir de ce crime de sa pensée.

XII

L'effort moral fait pour vaincre sa honte et dire à Vassili Nikolaievitch ce qu'il lui avait dit, avait calmé Eugène. Il lui sembla que, maintenant, tout était terminé, et Lise remarqua aussitôt qu'il était redevenu tout à fait calme et même plus joyeux qu'à l'ordinaire. « Il était probablement attristé de ces querelles entre nos mères... En effet, avec sa sensibilité, son noble caractère, il est particulièrement pénible d'entendre toujours ces allusions hostiles et de mauvais goût, » pensait Lise.

Le temps était beau. Les femmes, suivant l'habitude, en allant au bois pour tresser des couronnes de fleurs, s'approchèrent du perron de la maison seigneuriale et se mirent à danser et chanter.

Marie Pavlovna et Varvara Alexievna, en robes élégantes, tenant leurs ombrelles, sortirent sur le perron et s'approchèrent de la ronde. L'oncle, un débauché, un ivrogne, qui passait l'été chez Eugène, les suivait, en petit veston chinois.

Comme toujours, il y avait un grand cercle bigarré de couleurs vives, de jeunes femmes, de jeunes filles, et ce cercle était le centre de tout. Autour de ce cercle, de différents côtés, comme des planètes qui se sont détachées et tournent autour de l'astre principal, tantôt des petites filles, se tenant par la main, faisaient froufrouter leurs jupes neuves d'indienne ; tantôt de jeunes garçons, qui riaient à quelque chose, se poursuivaient et s'attrapaient les uns les autres ; tantôt des garçons plus âgés, en poddiovka bleues et noires, bonnets et blouses rouges, passaient en faisant craquer sans répit des grains de tournesol ; tantôt c'étaient des domestiques ou des étrangers qui, de loin, regardaient la ronde.

Les deux dames s'approchèrent du cercle même, et, après elles, Lise, en robe bleue, un ruban de même couleur dans les cheveux, ses bras longs, blancs, aux coudes pointus, émergeant des larges manches. Eugène n'avait point envie de sortir, mais il eût été ridicule de se cacher. Il sortit donc sur le perron, la cigarette aux lèvres, salua les garçons et les paysans, et causa avec l'un d'eux. Les femmes, pendant ce temps, chantaient à plein gosier les motifs de la danse, frappaient des mains et dansaient.

- Madame vous appelle ! dit un domestique en s'approchant d'Eugène qui n'entendait pas que sa femme l'appelait.

Lise l'appelait pour regarder danser une des femmes dont la danse lui plaisait particulièrement. C'était Stepanida. Elle était en jupe jaune, le corsage sans manches, en fichu de soie, plantureuse, énergique, rouge, gaie. Elle dansait sans doute très bien mais il ne remarqua rien.

- Oui, oui, fit-il en ôtant et remettant son pince-nez, oui, oui…

« Ainsi je ne puis pas me débarrasser d'elle ! » pensa-t-il. Il ne la regardait pas, parce qu'il avait peur de son charme ; et précisément à cause de cela, ce qu'il apercevait d'elle à la dérobée lui paraissait particulièrement attrayant. En outre il devinait à son regard brillant qu'elle le voyait et savait qu'il l'admirait. Il resta juste ce qu'il fallait pour ne pas paraître impoli, et, s'étant aperçu que Varvara Alexievna l'appelait, et le qualifiait avec affectation et fausseté de « chéri », se détourna et s'en alla. Il s'en alla et retourna à la maison. Il s'en allait pour ne pas la voir, mais, montant à l'étage supérieur, sans même savoir pourquoi et comment, il s'approcha de la fenêtre, et y demeura tant que les femmes restèrent près du perron, la regardant et la buvant des yeux. Il s'enfuit avant que personne ait pu l'apercevoir, et, sans bruit, sortit sur le balcon. Là, il alluma une cigarette, et, comme pour se promener, alla au jardin, dans la direction qu'elle suivait. Il n'avait pas fait deux pas dans l'allée quand, à travers les arbres, il aperçut le corsage sans manches sur un fond rose, et le fichu rouge. Elle allait quelque part avec une autre femme. Où allait-elle ? Et, tout d'un coup, le désir terrible, brûlant, lui saisit le cœur comme avec la main. Eugène, comme s'il obéissait à une volonté étrangère à lui, se retourna et se dirigea vers elle.

- Eugène Ivanovitch ! Eugène Ivanovitch ! J'ai une grâce à vous demander, prononça derrière lui une voix, et Eugène aperçut le vieux Samokhine, employé à creuser un puits chez lui. Il se ressaisit, et, se détournant brusquement, se dirigea vers Samokhine. Quand ils eurent fini de causer, il tourna la tête et aperçut les deux femmes, en bas, se dirigeant évidemment vers le puits ou prenant cette direction comme prétexte. Mais elles ne restèrent pas longtemps là et retournèrent à la ronde.

Quand il quitta Samokhine, Eugène retourna à la maison, abattu comme s'il eût commis un crime. Premièrement, elle l'avait compris, elle pensait qu'il désirait la voir, et elle désirait la même chose ; deuxièmement, l'autre femme, Anna Prokhorova, évidemment savait tout cela. Et, le principal, il se sentait vaincu. Il savait qu'il n'avait plus sa volonté, qu'il était poussé par une autre force, qu'il avait échappé aujourd'hui par miracle, mais que demain, après-demain, il succomberait.

Oui, il était perdu ; il ne le comprenait pas autrement. Trahir sa jeune femme aimante, à la campagne, avec une paysanne, au su de tous ! N'était-ce pas la perte, la perte terrible, après laquelle on ne peut plus vivre. « Non, il faut, il faut prendre des mesures. »

« Mon Dieu ! Mon Dieu ! Que me faut-il faire ? Vais-je périr ainsi ? se disait-il. N'y a-t-il donc rien à faire ? Il faut cependant faire quelque chose, ne pas penser à elle. »

Ne pas penser ; et aussitôt c'était à elle qu'il pensait ; il la voyait devant lui, dans l'ombre des platanes.

Il se rappela avoir lu l'histoire d'un vieillard, qui, pour échapper à la séduction d'une femme à laquelle il devait imposer la main, pour la guérir, plaçait son autre main sur un réchaud ardent. « Oui, je suis prêt à me brûler la main plutôt que de succomber. » Et regardant autour de lui, constatant qu'il était seul dans la chambre, il enflamma une allumette et en approcha ses doigts. « Eh bien ! pense à elle, maintenant ! » se dit-il ironiquement. Sentant la brûlure, il retira ses doigts noircis, jeta l'allumette et, riant de soi : « Quelle bêtise ! Ce n'est pas cela qu'il faut faire. Il faut prendre des mesures pour ne plus la voir… Partir ou l'éloigner… Oui, l'éloigner. Donner de l'argent à son mari pour qu'il s'installe dans un autre village. On le saura… On parlera… Eh bien ! cela vaut mieux ! Tout plutôt que ce danger. Oui, il faut faire cela, » se disait-il, sans la quitter des yeux. « Où va-t-elle ? » se demanda-t-il tout à coup. Il lui sembla qu'elle l'avait aperçu près de la fenêtre, et, après avoir jeté un regard sur lui, elle s'en allait bras dessus bras dessous avec une femme quelconque, et se dirigeait vers le jardin, en balançant son bras libre.

Ne sachant lui-même pourquoi, Eugène prit le chemin de son bureau.

Vassili Nikolaievitch, en redingote neuve, pommadé, prenait le thé avec sa femme et une invitée en châle-tapis.

- Dites-moi, Vassili Nikolaievitch, puis-je vous entretenir un instant ?

- S'il vous plaît. Nous avons terminé.

- Non, allons plutôt dehors.

- Tout de suite. Ma casquette, Tania, et mets le couvercle sur le samovar, dit Vassili Nikolaievitch en sortant, l'humeur joyeuse.

Eugène crut s'apercevoir que Vassili Nikolaievitch avait bu un peu, mais tant pis ; et puis c'était peut-être mieux ainsi, il envisagerait peut-être avec plus de sympathie sa situation.

- Voilà, Vassili Nikolaievitch… Je voudrais de nouveau vous parler de cette femme…

- Qu'y a-t-il ? J'ai donné l'ordre de ne plus la reprendre.

- Mais non… J'ai pensé, en général… et c'est de quoi j'ai voulu vous parler, et vous demander conseil… Ne pourrait-on pas éloigner toute la famille ?

- Où les éloigner ? demanda Vassili Nikolaievitch, d'un air où Eugène crut remarquer du mécontentement et de l'ironie.

- Mais, j'ai pensé… On pourrait leur donner de l'argent, ou même de la terre à Kholtovskoié… pourvu qu'elle ne soit pas ici…

- Mais comment les éloigner ?… Comment les arracher de leur terre ?… Et qu'est-ce que cela vous fait ? en quoi vous gêne-t-elle ?

- Ah ! Vassili Nikolaievitch ! comprenez donc que ce serait terrible si ma femme apprenait.

- Mais qui le lui dira ?

- Et comment vivre avec cette pensée… Et en général, c'est pénible…

- De quoi vous inquiétez-vous ? Quiconque se rappellera des fautes anciennes aura l'œil crevé, et qui n'a pas péché devant Dieu n'est pas coupable devant le Tzar [1].

- Tout de même, il serait mieux de les éloigner. Ne pourriez-vous pas en causer avec son mari ?

- Mais il n'y a point à causer... Oh ! Eugène Ivanovitch, pourquoi vous fourrer tout cela en tête ! C'est passé, oublié !... Tout arrive... Et maintenant qui oserait dire de vous quelque chose de mal ?

- Malgré cela... parlez...

- Bon. Je lui parlerai, bien que je sois convaincu qu'il n'en sortira rien.

Cette conversation calma un peu Eugène. Surtout il sentait qu'à cause de son émotion il exagérait le danger. Est-ce qu'il était allé à un rendez-vous avec elle ? Mais non, il allait tout simplement se promener dans le jardin, et, par hasard, elle y était venue.

Le jour de la Trinité, après le dîner, Lise qui se promenait dans le jardin, en voulant franchir un petit fossé pour aller dans une prairie, où son mari voulait lui montrer le trèfle, fit un faux-pas et tomba. Elle tomba doucement sur le côté, fit un ah ! et sur son visage son mari aperçut non seulement une expression de peur mais de souffrance. Il voulut la relever ; elle l'écarta de la main.

- Non, Eugène, attends un peu, dit-elle en souriant faiblement et, comme il lui semblait, en le regardant d'un air coupable, c'est tout simplement mon pied qui a tourné.

- Voilà ! il y a longtemps que je l'ai dit ; dans une pareille situation, est-ce qu'on peut sauter les fossés ! reprochait Varvara Alexievna.

- Mais non, maman ; ce n'est rien. Je vais me relever tout de suite.

Elle se releva avec l'aide de son mari, mais, au même moment, elle pâlit, et l'effroi se peignit sur son visage.

- Oui, je ne me sens pas bien, lui chuchota-t-elle pour que sa mère n'entendit point.

- Ah ! mon Dieu ! qu'a-t-on fait ? Je disais de ne pas marcher, criait Varvara Alexievna. Attendez ! J'enverrai des gens. Elle ne doit pas marcher. Il faut la porter.

- Tu n'as pas peur, Lise ? Je te porterai, dit Eugène, en passant autour de sa taille son bras gauche. Prends-moi par le cou. Tiens, comme ça, - et s'inclinant, il glissa son bras droit en dessous, des jambes et la souleva. Jamais il n'oublia l'expression de souffrance et en même temps de bonheur qui se reflétait en ce moment sur son visage.

- Ce n'est pas trop lourd, chéri ? lui demanda-t-elle en souriant. - Maman qui court, regarde, - et elle se pencha vers lui et l'embrassa. Elle désirait visiblement que sa mère vit comment il la portait.

Eugène cria à Varvara Alexievna de ne point se hâter, qu'il la porterait très bien. Varvara Alexievna s'arrêta et se mit à crier encore plus fort :

- Tu la laisseras tomber, c'est sûr ! Tu veux la tuer ! Tu n'as pas de conscience !

- Mais je la porte très bien.

- Je ne veux pas… je ne puis pas voir comment tu tueras mon enfant ! Et elle s'enfuit au bout de l'allée.

- Ce n'est rien, ça passera, dit Lise en souriant.

- Pourvu seulement qu'il n'y ait pas de suite, comme l'autre fois.

- Non, ce n'est pas de cela que je voulais parler ; je parlais de maman. Tu es fatigué, repose-toi.

Bien que son fardeau fut lourd, Eugène, avec une fière joie, le porta jusqu'à la maison, sans vouloir le remettre à la femme de chambre et au cuisinier que Varvara Alexievna avait trouvés et envoyés à leur rencontre. Il la porta jusqu'à sa chambre à coucher et la déposa sur son lit.

- Eh bien, va-t-en, dit-elle, et attirant sa main, elle la baisa. Nous nous arrangerons avec Annouchka.

Marie Pavlovna était aussi accourue du pavillon. On déshabilla Lise et on la mit au lit. Eugène était assis au salon, un livre à la main, et attendait. Varvara Alexievna passa devant lui avec un air si morne et si plein de reproches qu'il en fut terrifié.

- Eh bien ! qu'y a-t-il ? demanda-t-il.

- Ce qu'il y a ? Pourquoi le demander ? Ce que probablement vous désiriez quand vous avez forcé votre femme à sauter le fossé.

- Varvara Alexievna ! s'écria-t-il, c'est intolérable ! Si vous voulez tourmenter les gens et empoisonner leur existence… (il allait dire : eh bien ! allez ailleurs ! mais il se retint.) Comment n'avez-vous pas honte d'agir ainsi…

- Maintenant c'est tard ! - et elle franchit la porte, en secouant victorieusement son bonnet.

La chute, en effet, était assez mauvaise ; le pied avait tourné gauchement, et une fausse couche était à craindre. Tous savaient qu'il n'y avait rien à faire, qu'il ne fallait que la laisser reposer tranquillement ; toutefois on décida d'envoyer chercher le médecin.

« Bien estimé Nicolas Stepanovitch - écrivait Eugène au médecin, - vous fûtes toujours si bon pour nous que j'espère que vous ne refuserez pas de prêter votre assistance à ma femme ; elle… etc. »

Sa lettre écrite, il alla à l'écurie donner des ordres pour les chevaux et la voiture : il fallait préparer des chevaux pour aller chercher le médecin, d'autres pour le ramener, et tout cela devait être bien combiné. Quand il eut tout décidé, expédié le cocher, il retourna à la maison. Il était environ dix heures du soir. Sa femme était couchée et disait qu'elle se sentait très bien, que rien ne lui faisait mal. Varvara Alexievna assise devant la lampe, cachée de Lise par une pile de morceaux de musique, tricotait une grande couverture rouge, et son air disait clairement qu'après ce qui s'était passé, la paix ne pouvait exister. « Les autres peuvent faire n'importe quoi ; moi, du moins, j'ai fait mon devoir. »

Eugène voyait cela, mais feignant de ne pas le remarquer ; il raconta d'un ton gai et dégagé, qu'il avait envoyé les chevaux et que la jument Kavoujka allait très bien comme cheval de volée du côté gauche.

- Naturellement, le moment est bien choisi pour essayer les chevaux, quand on a besoin d'un secours immédiat. On versera probablement le docteur aussi dans un fosse, dit Varvara Alexievna en regardant attentivement, à travers un lorgnon, son tricot qu'elle avait approché très près de la lampe.

- Mais de toutes façons il fallait envoyer chercher… Moi, j'ai fait ce que j'ai cru le mieux.

- Oui, je me rappelle très bien comment vos chevaux ont failli me jeter sur un perron…

C'était son invention, qui datait de longtemps ; mais cette fois Eugène eut l'imprudence de dire que les choses s'étaient passées pas tout à fait comme elle le prétendait.

- Ce n'est pas en vain que je dis toujours… et combien de fois l'ai-je dit au prince, que rien n'est plus pénible que de vivre avec des gens injustes et faux. Je supporterai tout, mais pas cela.

- Si c'est pénible pour quelqu'un, c'est surtout pour moi, dit Eugène.

- Oui, cela se voit.

- Quoi ?

- Rien, je compte les mailles.

À ce moment Eugène se trouvait près du lit. Lise le regardait. D'une de ses mains moites, qui étaient sur la couverture, elle lui saisit la main et la serra. « Supporte-la pour moi ; elle ne nous empêchera pas de nous aimer, » disait son regard.

- Je ne ferai rien, lui murmura-t-il en baisant sa longue main humide, puis ses beaux yeux qui se fermèrent sous son baiser.

- Sera-ce encore la même chose ? demanda-t-il. Comment te sens-tu ?

- C'est terrible de se tromper, mais j'ai le sentiment qu'il vit et vivra, dit-elle en regardant son ventre.

- Ah ! c'est terrible, c'est terrible, même à penser !

Malgré l'insistance de Lise pour qu'il s'en allât, Eugène passa la nuit près d'elle, ne dormant que d'un œil, et prêt, à chaque instant, à lui donner ses soins. Mais la nuit fut très bonne ; et si l'on n'avait pas attendu le médecin, peut-être se fût-elle levée. Le docteur arriva au moment du dîner. Il expliqua que si des accidents identiques peuvent provoquer le danger, il n'y a pas toutefois d'indications positives, et que, par conséquent, en l'absence d'indications contraires, on pouvait faire telle hypothèse ou telle autre. La conclusion était qu'il fallait rester couchée et prendre telle et telle chose, bien que le docteur se déclarât l'ennemi des drogues. En outre, il fit à Varvara Alexievna une véritable conférence sur l'anatomie de la femme, et elle l'écoutait en hochant la tête avec importance.

Ayant reçu ses honoraires, glissés comme d'ordinaire dans le creux de sa main, le docteur partit et la malade resta couchée pour une semaine.

XIV

Eugène passait la plus grande partie de son temps près du lit de sa femme, la soignait, causait avec elle, lui faisait la lecture, et, chose plus méritoire, supportait sans mot dire les piqûres de Varvara Alexievna, dont il savait même faire un objet de plaisanterie.

Mais il ne pouvait rester toujours à la maison. D'abord sa femme le renvoyait, disant qu'il tomberait malade s'il restait tout le temps auprès d'elle ; ensuite l'exploitation nécessitait fréquemment sa présence. Il ne pouvait rester à la maison, et allait tantôt dans les champs, tantôt dans le bois, tantôt au jardin, tantôt dans la grange, et partout, non seulement la pensée, mais l'image vivante de Stepanida le poursuivait ; de sorte qu'il ne parvenait que rarement à l'oublier. Cela n'était rien encore, peut-être eût-il pu vaincre ce sentiment, mais le pire de tout c'était que lui, qui, auparavant, demeurait des mois sans la voir, maintenant la rencontrait à chaque instant. Évidemment elle avait compris qu'il désirait renouer les relations anciennes, et elle tâchait de le rencontrer. Mais comme ni l'un ni l'autre n'avait rien dit, il n'y avait donc pas rendez-vous, ils faisaient seulement en sorte de se rencontrer.

Le meilleur endroit pour cela était le bois où les femmes allaient, avec des sacs, chercher de l'herbe pour les vaches. Eugène savait cela, et chaque jour il passait devant le bois. Chaque jour il se disait qu'il n'irait pas, et chaque jour il se dirigeait vers le bois, écoutait le son des voix, et s'arrêtait, avec un battement de cœur, derrière un buisson, épiant si ce n'était pas elle. Quel besoin avait-il de savoir si c'était elle ? Il ne le savait pas. Si c'eût été elle, et même seule, il ne fût pas allé à sa rencontre, - à ce qu'il pensait, - il l'eût fuie ; mais il avait besoin de la voir.

Une fois il la rencontra. Comme il allait rentrer dans le bois elle en sortit avec deux autres femmes, un lourd sac plein d'herbe sur le dos. Un instant plus tôt, et peut-être l'eût-il rencontrée dans le bois ; tandis que maintenant il lui était impossible, devant les autres femmes, d'y retourner avec lui. - Malgré cette impossibilité, dont il se rendit compte, longtemps, au risque d'attirer l'attention des autres femmes, il se tint derrière le buisson de noisetiers. Naturellement elle ne retourna point, mais il resta là assez longtemps. Mon Dieu ! avec quels attraits son imagination la lui présentait ! Et ce n'était pas une fois, mais cinq, six fois, et chaque fois plus fortement. Jamais elle ne lui avait paru aussi attrayante, et jamais elle ne l'avait possédé aussi entièrement.

Il sentait qu'il n'était plus maître de soi, qu'il devenait presque fou. Sa sévérité pour lui-même ne faiblissait point ; au contraire, il se rendait compte de toute la monstruosité de ses désirs, même de ses actes : car ses attentes dans le bois étaient des actes. Il savait qu'il lui suffirait de la rencontrer quelque part, dans un lieu sombre, de la toucher, pour qu'il s'abandonnât à sa passion. Il savait que seule la honte devant les gens, devant elle, et probablement devant soi-même, le retenait. Et il savait qu'il cherchait les conditions dans lesquelles cette honte ne serait pas remarquée : l'obscurité, ou un attouchement qui étoufferait en lui cette honte par la passion bestiale. Il se regardait donc comme un immonde criminel, et se méprisait et se haïssait de toutes les forces de son âme. Il se haïssait parce qu'il ne cédait pas encore. Chaque jour il priait Dieu de le fortifier, de le sauver de la perte ; chaque jour il décidait de ne plus faire un seul pas, de ne plus la regarder, de l'oublier ; chaque jour il imaginait des moyens pour se débarrasser de cette obsession et les mettait en pratique.

Mais tout était inutile.

Un des moyens était de s'occuper sans cesse ; un autre, le travail physique et le jeûne ; un troisième, l'analyse claire de la honte qui devait retomber sur sa tête quand tous, et sa femme et sa belle-mère, sauraient cela. Il faisait tout cela, et il lui semblait vaincre, mais arrivait midi, l'heure de leurs anciens rendez-vous, l'heure à laquelle il la rencontrait avec son sac d'herbe, et il allait dans le bois.

Ainsi s'écoulèrent cinq pénibles journées. Il ne la voyait que de loin et, pas une seule fois, ne s'approchait d'elle.

XV

Lise se remettait peu à peu, commençait à marcher, et s'inquiétait du changement qui se faisait en son mari et qu'elle ne comprenait pas.

Varvara Alexievna partit pour un certain temps, et il ne restait plus chez eux que l'oncle et Marie Pavlovna.

Eugène se trouvait en cet état de demi-folie, quand arrivèrent, comme il arrive souvent après les orages de juin, de longues pluies, qui durèrent plusieurs jours. Ces pluies bouleversèrent tous les travaux ; on ne pouvait même ramasser le fumier à cause de l'humidité et de la boue ; les paysans restaient dans leurs demeures ; les bergers avaient beaucoup de peine à ramener leurs troupeaux dans les étables ; des vaches et des moutons s'enfuirent dans différentes cours, et des femmes, couvertes de châles, clapotaient pieds nus dans la boue à la recherche des vaches en fuite. Des cours d'eau se formaient sur les routes ; toutes les feuilles, toute l'herbe étaient trempées ; les ruisseaux et les mares débordaient.

Eugène était à la maison, avec sa femme, qui ce jour était particulièrement ennuyée. Plusieurs fois elle avait interrogé son mari sur la cause de son changement d'humeur, et chaque fois il lui avait répondu avec dépit qu'il n'avait rien. Elle avait cessé de l'interroger, mais elle était triste. Ils étaient assis au salon, après le déjeuner. L'oncle racontait pour la centième fois des histoires de son invention sur ses aventures mondaines. Lise tricotait un gilet et soupirait, se plaignant du mauvais temps et du mal de reins. L'oncle lui conseillait de se coucher et lui-même demandait du vin. À la maison Eugène s'ennuyait terriblement. Tout y était misérable et ennuyeux. Il fumait et lisait un livre sans rien comprendre. « Oui, il faut aller voir ce qui se passe, » se dit-il. Il se leva pour sortir.

- Prends ton parapluie.

- Mais non, j'ai mon paletot de cuir, et je ne vais pas loin.

Il mit ses bottes, son veston de cuir et partit à l'usine. Mais il n'avait pas fait vingt pas qu'Elle parut à sa rencontre, sa jupe relevée au-dessus de ses mollets blancs. Elle marchait en retenant avec ses mains le châle qui lui couvrait la tête et les épaules.

- Qu'as-tu ? demanda-t-il au premier abord, sans la reconnaître. Quand il la reconnut, il était déjà tard. Elle s'arrêta, et, en souriant, le regarda longuement.

- Je cherche un petit veau. Où allez-vous par ce mauvais temps ? lui demanda-t-elle comme s'ils se voyaient chaque jour.

- Viens dans la cabane, dit-il tout à coup, sans savoir comment, et comme si quelqu'un d'autre eût prononcé ces paroles.

Elle fit des yeux un signe d'acquiescement et s'en alla dans le jardin, vers la cabane ; lui poursuivit son chemin avec l'intention de contourner le massif de lilas et d'aller la rejoindre.

- Monsieur ! cria-t-on tout à coup derrière lui, Madame vous demande de venir pour un moment.

C'était Michel, leur domestique.

« Mon Dieu ! Tu me sauves pour la deuxième fois, » pensa Eugène, et aussitôt il retourna à la maison. Lise voulait lui rappeler qu'il avait promis une potion à une femme malade, et elle le priait de la prendre.

Pendant qu'on cherchait et préparait cette potion, une quinzaine de minutes s'écoulèrent ; ensuite, quand il sortit il n'osa pas aller directement à la cabane, dans la crainte d'être aperçu de la maison. Mais, dès qu'il fut hors de vue, il fit un détour et s'y dirigea. Dans son imagination, il la voyait déjà au milieu de la cabane, souriant gaiement. Mais elle n'y était pas, et rien n'indiquait qu'elle y fût venue. Déjà il pensait qu'elle n'était pas venue, qu'elle n'avait pas entendu ou compris ses paroles qu'il avait murmurées entre ses lèvres de peur qu'elle ne les entendît, ou que, peut-être, elle n'avait pas voulu venir. « Et pourquoi se jetterait-elle à mon cou ? pensa-t-il. Elle a son mari. C'est moi seul qui suis misérable à ce point : j'ai une femme, bonne, et je cours après une autre. » Ainsi pensait-il, assis dans la cabane, où, à un endroit, l'eau coulait. Quel bonheur c'eût été si elle était venue ! Seuls, ici, pendant cette pluie. La posséder au moins une fois, et après advienne que pourra ! « Ah ! oui, se souvint-il, si elle est venue, on peut trouver des traces. » Il regarda le sol, à l'endroit d'un petit sentier sans herbes, et il remarqua la trace fraîche d'un pied nu. Oui, elle était venue. « Maintenant c'est fini. N'importe où que je la rencontrerai, j'irai à elle. J'irai chez elle la nuit. » Longtemps il resta assis dans la cabane et en sortit tourmenté et exténué. Il porta la potion, rentra à la maison, et se coucha dans sa chambre en attendant le dîner.

Avant le dîner Lise vint chez lui, essayant toujours de trouver quelle pouvait être la cause de son mécontentement. Elle lui dit qu'ayant peur qu'il ne lui soit désagréable de partir à Moscou, où l'on voulait l'emmener pour ses couches, elle avait résolu de rester ici, et que, pour rien au monde, elle n'irait à Moscou. Il savait combien elle avait peur de l'accouchement et sa crainte de ne pas mettre au monde un bel enfant, et malgré lui il s'attendrit en constatant avec quelle facilité elle sacrifiait tout par amour pour lui. Tout était si bon, si joyeux, si pur, dans la maison, et dans son âme il y avait tant de boue, de lâcheté, d'horreur ! Toute la soirée Eugène souffrit à penser que, malgré son sincère dégoût pour sa faiblesse et malgré sa ferme intention d'en finir, demain ce serait la même chose. « Non, c'est impossible ! se disait-il en marchant de long en large dans sa chambre. - Il doit exister un moyen quelconque contre cela. Mon Dieu ! que faire ? »

Quelqu'un frappa à la porte d'une façon inaccoutumée. Il savait que c'était son oncle.

- Entrez ! dit-il.

L'oncle venait comme ambassadeur nommé par soi-même pour lui parler de Lise.

- Sais-tu, qu'en effet, j'ai remarqué en toi un changement, et je comprends que cela tourmente ta femme. Évidemment c'est pénible pour toi d'abandonner cette belle affaire que tu as commencée, mais que veux-tu, je te conseillerais de partir. Vous serez plus tranquilles tous les deux. Mais, sais-tu, je te conseillerais de partir en Crimée : le climat y est très beau, il y a là-bas un très bon accoucheur et vous vous y trouverez juste à la saison du raisin.

- Oncle ! fit tout à coup Eugène. Pourrez-vous garder mon secret… un secret honteux, terrible pour moi ?

- Que dis-tu ? Peux-tu douter de moi…

- Oncle, vous pouvez m'aider, et non seulement m'aider mais me sauver, dit Eugène. Et l'idée de dévoiler son secret à son oncle qu'il n'estimait pas, la pensée qu'il allait se montrer à lui sous le plus vilain jour, s'humilier devant lui, lui était agréable. Il se sentait lâche, coupable, et voulait se punir.

- Parle, mon ami ; tu sais combien je t'aime, dit l'oncle, visiblement très content de cette circonstance qu'il y avait un secret, un secret honteux, qu'il en serait le confident et qu'il pourrait être utile.

- Avant tout je dois vous dire que je suis une crapule, une canaille, un misérable lâche...

- Que dis-tu ? fit l'oncle, en enflant son gosier.

- Comment ne suis-je pas un misérable quand moi, mari de Lise, de Lise - il faut connaître sa pureté, son affection - quand moi, son mari, je veux la tromper avec une paysanne ?

- C'est-à-dire... Pourquoi veux-tu... Tu ne l'as pas encore trahie...

- Oh ! c'est tout comme si je l'avais trahie. Si je ne l'ai pas fait, ce n'est pas de ma faute... J'étais prêt... On m'en a empêché, sans quoi, maintenant... maintenant je ne sais pas ce que j'aurais fait...

- Mais, voyons, explique-toi.

- Eh bien, voilà. Quand j'étais célibataire, j'ai fait la sottise d'avoir des relations avec une femme de notre village... c'est-à-dire nous nous rencontrions dans le bois, dans les champs.

- Est-elle jolie ? - demanda l'oncle.

À cette question Eugène fronça les sourcils, mais il avait tellement besoin d'aide qu'il eut l'air de ne pas avoir entendu et continua :

- Eh bien, je pensais que c'était sans importance, qu'une fois la rupture tout serait terminé. Et, en effet, j'ai rompu avant mon mariage, et pendant presque une année, je ne l'ai pas vue et n'ai point pensé à elle. - Eugène était étonné de s'entendre décrire ainsi son état d'âme. - Mais tout d'un coup, je ne sais même comment, vraiment je crois parfois à la fascination, je l'ai revue, et le ver s'est glissé dans mon cœur et le ronge. Je m'injurie, je comprends toute l'horreur de mon acte, c'est-à-dire de celui que je suis prêt à commettre à la première occasion, et malgré cela je continue à chercher cette occasion, et jusqu'à présent c'est Dieu seul qui m'a sauvé. Hier, j'allais la rejoindre quand Lise m'a appelé.

- Comment, pendant la pluie...

- Oui. Je suis exténué, oncle, et j'ai résolu de me confesser à vous et de vous demander aide.

- Oui, sans doute... dans ton village, ce n'est pas bien... On le saura... Je comprends que Lise est faible, il faut la ménager... mais pourquoi dans ton domaine...

De nouveau Eugène tâchait de ne pas écouter ce que disait son oncle et d'arriver au fond même de l'affaire.

- Mais, sauvez-moi de moi-même, voilà ce que je vous demande. Aujourd'hui, c'est un hasard qui m'a empêché de succomber, mais maintenant elle sait aussi... Ne me laissez jamais seul.

- Oui, dit l'oncle. Mais es-tu donc si amoureux ?

- Oh ! ce n'est pas du tout cela. Non, c'est une force quelconque qui m'a saisi et me tient. Je ne sais que faire. Peut-être quand je serai plus fort alors...

- Eh bien, la voilà, l'aide, dit l'oncle. Allons tous en Crimée !

- Oui, oui, allons, et en attendant, je resterai avec vous, nous causerons...

XVII

Le fait d'avoir confié son secret à son oncle, et principalement, les tourments de la honte qu'il endura après ce jour de pluie, remirent Eugène. Le départ pour Yalta fut fixé à la semaine suivante. Pendant cette semaine Eugène alla en ville, pour se procurer l'argent du voyage, donna des ordres pour la maison et au bureau pour l'exploitation, et, de nouveau, redevint gai et confiant envers sa femme. Il renaissait moralement.

Il partit avec sa femme, en Crimée, sans avoir revu une seule fois Stepanida depuis le jour de la pluie. Ils passèrent deux mois délicieusement. Eugène avait tant de nouvelles impressions que tout le passé lui semblait disparu à jamais de sa mémoire. Ils rencontrèrent, en Crimée, d'anciennes connaissances, se lièrent plus intimement avec elles, et se créèrent aussi de nouvelles relations. La vie là-bas était pour Eugène une fête continuelle, et, en outre, était pour lui très instructive et très utile. Ils se lièrent avec l'ancien maréchal de la noblesse de leur province, un homme libéral, intelligent, qui prit en affection Eugène et tâcha de se l'attacher.

À la fin d'août, Lise mit au monde une jolie petite fille, bien portante, et l'accouchement fut tout à fait inattendu et très facile. En septembre les Irténieff retournèrent chez eux, ramenant en plus l'enfant et la nourrice, car Lise n'avait pas pu nourrir. Tout à fait débarrassé des tourments anciens, Eugène retournait chez lui complètement heureux, comme un nouvel homme. Après être passé par les transes qu'éprouvent les maris pendant les couches de leurs femmes, il se mit à aimer encore plus fortement la sienne. Ce qu'il éprouvait pour l'enfant, quand il le prenait dans ses bras, était un sentiment tout à fait nouveau, très agréable, avec la sensation d'un chatouillement. Ce qui encore était nouveau dans sa vie, c'était qu'à ses occupations dans sa propriété se joignait un nouvel intérêt. En effet, grâce à son intimité avec Doumchine (l'ancien maréchal de la noblesse), il s'intéressait maintenant au Zémstvo, à la fois par vanité et, à ce qu'il pensait, par devoir. En octobre devait être convoquée l'assemblée générale extraordinaire, dans laquelle devait avoir lieu son élection. Après son retour de Crimée, une fois il alla en ville et une autre fois chez Doumchine. Il ne pensait plus aux souffrances de la honte et de la lutte, et avait même de la difficulté à se les imaginer. Cela lui semblait une sorte d'accès de folie dont il aurait été atteint. Il se sentait affranchi jusqu'à tel point qu'il ne craignit même pas de se renseigner sur elle à la première occasion, une fois qu'il se trouva seul avec son intendant. Comme il lui en avait déjà parlé, il n'eut pas honte de le questionner.

- Eh bien ! Que fait Petchnikoff, Sidor : il n'est toujours pas à la maison ? demanda-t-il.

- Non ; toujours en ville.

- Et sa femme ?

- Bah ! une propre à rien. Elle fait maintenant la vie avec Zinoveï. Elle est complètement perdue.

- Eh bien ! C'est bon... pensa Eugène. Comme c'est bizarre, maintenant cela m'est tout à fait égal. Comme j'ai changé !

Tout ce qu'avait désiré Eugène arrivait : la propriété lui restait ; l'usine allait bien ; la récolte de betteraves était splendide, et l'on pouvait compter sur un bon revenu ; sa femme avait accouché heureusement ; la belle-mère était partie, et il était élu à l'unanimité.

Après l'élection Eugène retourna chez lui. On le félicita. Il tint à remercier et, au dîner, il but cinq coupes de champagne. Une organisation de vie tout à fait nouvelle se présentait à lui.

Il rentrait à la maison en réfléchissant à ses plans. On était en plein été, la route était belle, le soleil clair. En s'approchant de chez lui, Eugène pensait comment, grâce à cette élection, il allait occuper parmi le peuple la situation qu'il avait toujours souhaité d'avoir, c'est-à-dire qu'il pourrait le servir non seulement par les produits que donne le travail, mais par l'influence directe. Il se représentait comment, d'ici trois ans, on le jugerait, sa femme et les autres, les paysans, celui-ci, par exemple, pensa-t-il en traversant le village et regardant un paysan et une femme qui venaient à sa rencontre, portant un seau d'eau. Ils s'arrêtèrent pour laisser passer le tarentass. Le paysan était le vieux Petchnikoff, et la femme, Stepanida.

Eugène la regarda, la reconnut, et, avec joie, sentit qu'il restait tout à fait calme. Elle était aussi attirante mais cela ne le troublait nullement. Il arriva à la maison.

Sa femme l'attendait sur le perron. La soirée était merveilleuse.

- Eh bien ! Peut-on féliciter ? demanda l'oncle.

- Oui. Je suis élu.

- C'est magnifique. Il faut maintenant arroser.

Le lendemain matin, Eugène alla dans la propriété qu'il avait un peu négligée. Dans le hameau fonctionnaient de nouvelles machines à battre le blé. Pour examiner le travail Eugène circulait parmi les femmes, tâchant de ne pas faire attention à elles. Mais, malgré ses efforts, deux fois il remarqua les yeux noirs et le fichu rouge de Stepanida, qui apportait de la paille ; deux fois il la regarda à la dérobée, et, de nouveau, ressentit quelque chose, mais quoi, il ne pouvait s'en rendre compte.

Mais le lendemain, quand il retourna de nouveau au hameau où sans nécessité il resta deux heures, ne cessant de caresser du regard l'image connue et belle de la jeune femme, il sentit qu'il était perdu, perdu sans retour. De nouveau les souffrances, de nouveau toute cette horreur, et il n'y avait plus de salut.

Ce qu'il craignait arriva. Le lendemain, le soir, ne sachant lui-même comment, il se trouva près de la haie de sa cour, en face de la grange au foin, où une fois, en automne, ils avaient eu un rendez-vous. Comme s'il était venu en se promenant, il s'arrêta là, et se mit à fumer une cigarette. Une voisine l'aperçut, et, en retournant dans le même endroit, il l'entendit qui disait à quelqu'un : « Va, il t'attend depuis une heure. Va donc, sotte ! » Il ne pouvait plus rebrousser chemin parce qu'un paysan allait à sa rencontre, mais il aperçut une femme, elle, qui courait du côté de la grange.

XIX

Et la vieille histoire recommença, mais avec une force décuplée. Le soir, il pensait, pensait des choses terribles. Il pensait que sa vie était vide, ennuyeuse, et que la vraie vie était là-bas, avec cette femme robuste, énergique, toujours gaie. La prendre, la mettre dans une voiture, ou dans le train, et disparaître dans le steppe, ou en Amérique... Et différentes idées semblables lui venaient en tête.

Quand il entra dans le salon tout lui parut bizarre, non naturel.

Le matin encore il s'était levé courageux, résolu d'oublier, de ne pas se permettre de penser. Mais sans même le remarquer, toute la matinée, indifférent à son travail, il s'était efforcé de s'en délivrer. Ce qui, auparavant, lui semblait important, le réjouissait, maintenant lui apparaissait insignifiant. Inconsciemment il tâchait de se débarrasser de sa besogne. Il lui semblait nécessaire de se délivrer du souci des affaires pour bien réfléchir à tout. Et il s'en déchargeait et restait seul. Mais aussitôt qu'il demeurait seul il allait errer dans le jardin ou dans le bois. Et tous ces lieux étaient souillés de souvenirs, de souvenirs qui l'accaparaient tout entier. Il marchait dans le jardin et se disait qu'il faudrait décider quelque chose, mais il ne réfléchissait à rien, et follement, inconsciemment, l'attendait. Il espérait que, par un miracle quelconque, elle sentirait combien il la désirait et viendrait ici, ou ailleurs où personne ne les verrait, que dans la nuit quand il n'y aurait pas de lune, ni personne, qu'en une pareille nuit elle viendrait et qu'il posséderait son corps.

« Oui, voilà, se disait-il, oui, voilà, pour la santé je me suis amusé avec une femme saine, bien portante... Non, évidemment, on ne peut pas jouer ce jeu avec elle. Je pensais l'avoir prise, et c'est elle qui m'a pris, qui m'a pris et qui ne me lâche pas. Je me croyais libre et ne l'étais pas. Je me suis trompé moi-même quand je me suis marié. Tout était stupidité, mensonge. Dès l'instant que je l'ai possédée, j'ai éprouvé un sentiment nouveau... le vrai sentiment du mari. Oui, je dois vivre avec elle... Quelle sottise vais-je penser ! Cela ne se peut pas ! s'écria-t-il tout à coup ; il faut, clairement, bien réfléchir à tout. »

Il se rendit dans les champs et se mit à réfléchir. « Oui, pour moi il y a deux vies possibles : l'une, celle que j'ai commencée avec Lise, les fonctions publiques, l'exploitation, l'enfant, le respect des gens. Pour continuer cette vie, il faut que Stepanida ne soit plus. Il faut l'éloigner, comme je le disais, ou de quelque façon qu'elle disparaisse. L'autre vie est celle-ci : l'enlever à son mari, lui donner de l'argent, braver la honte et vivre avec elle... Mais alors, il faut que ni Lise, ni Mimi (l'enfant) n'existent... Non, pourquoi... L'enfant ne gêne pas... Mais il faut que Lise disparaisse, qu'elle parte, sache, me maudisse, mais parte... Quelle sache que je l'ai délaissée pour une paysanne, que je suis un trompeur, un lâche... Non, c'est trop horrible ! Non, cela ne se peut pas !... Oui, mais cela s'arrangera peut-être d'une autre façon... Lise peut tomber malade... mourir... Elle morte, alors tout ira bien.

« Bien !... Misérable ! Non, si l'une d'elles doit mourir, plutôt l'autre. Si Stepanida mourait, ce serait bien... Oui, voilà comment on empoisonne ou tue des femmes, des maîtresses. Prendre un revolver, la faire venir, et au lieu des baisers... pan, dans la poitrine... et tout est terminé... C'est le diable ! Oui, vraiment, le diable. C'est contre ma volonté qu'elle a pris possession de moi... La tuer ? Oui... Il n'y a que deux issues : la tuer ou tuer ma femme... Car vivre ainsi c'est impossible, impossible !... Il faut réfléchir et tout envisager... Laisser les choses telles qu'elles sont, alors qu'adviendra-t-il ? Il adviendra que je me promettrai de nouveau de ne plus la voir, de renoncer à elle, mais je le dirai seulement, et le soir je l'attendrai, et elle le saura et viendra... Ou les gens sauront et le diront à ma femme, ou moi-même, je le lui dirai, parce que je ne puis pas mentir ni vivre ainsi. Je ne le puis pas... Tout se saura... Tous apprendront, et Parasha, et le forgeron... Eh bien ! Est-ce qu'on ne peut pas vivre ainsi ? Non, on ne le peut pas... Il n'y a que deux issues : la tuer ou tuer ma femme... Ou encore... oui... Il y en a une troisième : me tuer, prononça-t-il tout bas, et, tout d'un coup, un frisson courut sur sa peau. - Oui, se suicider, et alors, point n'est besoin de les tuer. »

Il frissonnait d'horreur, précisément parce qu'il sentait que cette solution était la seule possible. « J'ai un revolver... Est-ce que je vais me tuer ? Voilà une chose à laquelle je n'avais jamais pensé... Comme ce sera étrange... »

Il rentra à la maison, dans sa chambre, et, aussitôt, ouvrit le tiroir dans lequel était son revolver. Mais avant qu'il eût eu le temps de le sortir de son étui sa femme entra.

59

XX

Il jeta un journal sur le revolver.

- Toujours la même chose ? dit-elle, inquiète, en le regardant.

- Quoi ? Quelle même chose ?

- La même expression terrible que tu as eue autrefois, quand tu n'as pas voulu me dire… Mon chéri, dis-moi ce que tu as… Je vois que tu souffres. Parle, cela te soulagera… N'importe quoi, plutôt que tes souffrances. Je sais que cela ne peut être rien de mauvais…

- Tu crois ?

- Parle, parle ! Je ne te lâcherai pas…

Il eut un sourire navré.

- Parler ?… Non, c'est impossible… Du reste, il n'y a rien à dire.

Peut-être lui eût-il tout dit, mais à ce moment la nourrice entra demander si l'on couvait aller se promener. Lise sortit pour habiller l'enfant.

- Alors tu me le diras… Je vais revenir tout de suite.

- Oui… peut-être…

Jamais elle ne put oublier le sourire douloureux avec lequel il prononça ces mots. Elle sortit. Hâtivement mais avec l'allure d'un malfaiteur, il prit l'étui, et sortit le revolver. « Il est chargé ? Oui, mais depuis longtemps… Une balle a déjà été tirée… Eh bien, advienne que pourra ! »

Il appuya le revolver contre sa tempe, hésita un moment, mais, aussitôt, se rappelant Stepanida, sa résolution de ne pas la voir, la lutte, la tentation, la chute, de nouveau la lutte, il tressaillit d'horreur. « Non, plutôt cela. » Il pressa la gâchette.

Quand Lise accourut dans la chambre, elle eut à peine le temps de descendre du balcon… il était étendu sur le ventre, par terre, un sang noir, épais, coulait abondamment de la blessure, et son corps tressaillait encore.

Un enquête fut faite. Personne ne pouvait s'expliquer la raison du suicide. À l'oncle, il ne vint nullement en tête qu'il pouvait avoir quelque chose de commun avec l'aveu que lui avait fait Eugène deux mois auparavant.

Varvara Alexievna affirmait qu'elle l'avait toujours prédit. « On voyait cela quand il discutait. »

Ni Lise ni Marie Pavlovna ne pouvaient comprendre comment cela était arrivé, et, surtout, ne pouvaient se ranger à l'opinion des docteurs qui prétendaient qu'il était psychopathe, demi-fou. Elles ne voulaient point admettre cela, car elles savaient qu'il était beaucoup plus sensé que la majorité des hommes qu'elles connaissaient.

Et, en effet, si Eugène Irténieff était un malade psychique, alors tous les hommes le sont également, et parmi eux les plus malades sont ceux qui voient les indices de la folie chez les autres et ne les voient point en eux-mêmes.

Iasnaïa-Poliana, 19 novembre 1889.

FIN